徳間文庫

博徒大名伊丹一家

沖田正午

徳間書店

目次

序章

漆黒の闇の中に、百目蠟燭が一灯点されてから一刻ほどが経った。

ぼんやりとした薄明かりの中に、三人の男の苦渋にまみれた顔が浮かぶ。鼎談もかれこれ真夜中九ツにならんとしている。

「……さて、いかがしたものか？」

腕を拱き、江戸家老高川監物の口から、いく度この言葉が吐き出されたか。

「東庵の話では、今夜もつかもたぬか……」

「もし、このまま殿がお隠れ遊ばされたらお家は断絶」

江戸留守居役片岡彦兵衛が言うお家とは、松越藩所領一万石大名伊丹家のことである。

「そんなこと分かっておる。いく度同じことを申す」

家老高川の焦れる叱責が飛沫となって、片岡の顔面に降り注ぐ。齢四十の、皺が増えた顔面を更に顰めて片岡は唾の雫を袖で拭った。堂々巡りの談義であった。

出羽国の北方に位置する松越藩伊丹家は、一万石の所領を持つ外様大名である。天保の中期、伊丹家は頭の痛い問題を抱えていた。

十一代藩主伊丹阿波守長盛は齢六十にて、危篤の床に伏している。

長盛には男三人、女二人の子があった。女二人はすでに嫁いでいる。長男と三男は早死にし、嫡子となるはずであった次男は、一月前に落馬事故で急逝して家を継ぐ者は誰もいない。十一代続いた伊丹家は、養子縁組の目処も立たず無嗣子断絶の危機に陥っていた。

細い目を吊り上げ鬼気迫る形相で、高川が口にする。

「一つだけ言っておく。もしこのまま殿がご逝去なされたら、五日の間喪を秘す。家臣にも誰にも絶対に漏らしてはならぬ。知っているのはここにいる三人と、東庵だけだ」

「何故に五日の間……？」

番頭で勘定奉行も兼ねる山田増二郎が、訝しげに問うた。弱小藩なので人材が足りず、武官が文官を兼ねている。伊丹家江戸藩邸では、この三人が重鎮と呼ばれ、伊丹家の重責を担う。

「ご遺体が腐る……いや、そんなことではない。喪を秘すその間に、嫡子を見つけるのだ。幕府に知れる前にな」

高川の声音が、途中から囁くほどの小声に変わった。

「嫡子を見つけるとは……？」

山田の問いに、高川はさらに眉間に刻まれた縦皺を深くする。五十歳の肩が、微かに震えを帯びた。

「子もおらず、親類縁者から養子縁組が出来ぬとあらば、誰かを見つけ後釜にするしかなかろう」

「誰かと申しますのは、血の繋がりがなくとも……？」

ひと膝乗り出し、江戸留守居役の片岡が問うた。

「それも、やむをえまい。いや、もしかしたらだ……耳を近くに……」

部屋には三人以外誰もいない。隣の部屋は藩主伊丹長盛が床に伏す寝間である。

長盛を看ているのは、伊丹家御殿医役の東庵一人である。正室は二年前に病で亡くし、子もおらず側室もいない。親類縁者には長盛の命で、病は隠してある。代々親類同士が因縁を持ち合う家系であった。

「もしかしたらとは……？」

「殿は昔、江戸の町に出て遊んでいたことを、片岡は知っておろう？」

「そういえば、いっとき……博奕場にも通っていたことがありましたな」

片岡が、小さく頷きながら言った。

「それほどの遊び人だ。もしやと思ってな」

「さすが、ご家老。もしやが有るかもしれませぬな」

高川と片岡の、額の皺がいく筋か消えた。

「もしやとは……」

一人だけ意味が取れぬ者がいる。山田が首を傾げながら訊いた。

「分からんかの？　ご落胤……隠し子だよ！」

家老の高川が、吐き捨てるように言った。

「ご家老、声が大きうござりまする」

片岡が、家老を嗜めた。

「さようだの……」

顰め面をして、高川は猫背の背中を伸ばした。ふーむと、鼻からため息が漏れたそこに、静かに襖が開いた。長盛の寝所を遮る襖である。

「……東庵」

顔を見せたのは、御殿医の東庵であった。白髪の交じった髪は後ろで小さく、慈姑の芽のような髷が垂れている。山羊のような顎鬚を蓄え、上に付く口が小さく開いた。

「殿がお目を覚ましました」

三日三晩の昏睡状態を脱したようだ。

「ご回復なされたか？」

山田が、弾む声音で問うた。だが、東庵の顔色は冴えない。小さく首を振りながら言う。

「まだ、ご危篤に変わりありません。ご家老様たちを呼んでまいれと……」

危篤に変わりないと聞いて、三人の重鎮の肩がガクリと落ちた。

「とにかく、殿のお側に……」

参ろうと、三人と東庵が隣部屋へと移った。

長盛の枕辺を、三人が囲む。すると長盛の目が、くわっと大きく見開き何か言いたげだ。重鎮たちの耳が長盛の口に向けられる。最後の力を振り絞り、閉じていた口が小さく開いた。蚊の鳴くような声音に、三人の耳が長盛の口に近づく。

「よっ……余には……」

言葉は途切れ途切れである。いつ事切れるか、気が気でない。長盛の体に障ると、重鎮たちは急かすことなく次の言葉を待った。

「余には……もうひと……り子が……」

長盛の口に吸い寄せられるように、三人の耳が更に寄る。

「こっ……これを……あ……とつぎに……」

「今なんと……？」

聞こえなかったか、山田が問うた。

「しーっ、黙って……」

片岡が、山田を嗜めた。

「ふっ……ふかが……わくくろえち、ちょう……つるま…………」

長盛の言葉はここまでであった。

力尽きたか長盛の目は閉ざされ、首がガクリと落ちた。

「ご臨終でござります」

東庵が長盛の脈を取りながら、小さく首を左右に振った。

松越藩十一代当主伊丹阿波守長盛、御齢六十歳丁度でのご逝去であった。

三人に、悲しむ暇はない。長盛の亡骸を囲んでの談義が再び始まる。

「殿のお言葉、聞き取れたか？」

高川には、意味を理解する自信がない。

「殿にはもう一人お子がおると……」

「そこはわしにも分かった。その先がなんと仰せられたか分からん。片岡には聞き取れたか？」

「はっ。おそらくですが、これを跡継ぎにしろと……」

「まことか！　それで、そのお子は？」

「深川黒江町に住む……たしか『つるま』とか」

「つるまと言うのは名であるか？」

「はっ、さようでございましょう」

「さすが殿だ。死ぬ間際まで、後々のことを考えておった」

家老の高川の顔が、亡き長盛を前にして俄かに明るみを帯びた。そして長盛をじっと見やり、語りかける。

「殿、『もしや』が有りましたな。これで、お家も安泰でござりまする。どうぞご成仏なされませ。南無阿弥陀仏、なむあみだぶ……」

長盛の死を秘することを東庵にも言い含め、何事もなかったように重鎮三人は隣部屋で床を取った。

天保七年弥生三月半ば。遠く、日付が変わる真夜中九ツを報せる鐘の音が聞こえてきた。

第一章　成りすまし大名

一

　藩主長盛の死を秘して、翌朝高川は主だった家臣たち二十人を広間に集めた。

「これから深川黒江町に出向き、つるまという男を捜し出せ。絶対に、内密にだ」

　理由(わけ)を一切語らず、高川がいきなり切り出した。

「つるまですか？」

「そうだ！」

「その、つるまというのが何をなされましたので？」

「つべこべ訊くな。捜し出せたら何もせず、真っ先にわしのところに報せろ」

「はっ……」

「くれぐれも言うが、内密に動け」

「かしこまりました」

家臣の問いがいくつかあったが、高川は、長盛の死が露見せぬよう口早にいなした。

「大至急向かえ！」

高川の号令で、家臣二十名が深川へと向かう。伊丹家の上屋敷は築地にある。永代橋を渡って深川までは四半刻あれば着ける。深川の黒江町は飛び地となって、数か所に分かれている。二十人体制で捜せば、昼ごろには報せが入るだろうと高川は高を括った。しかし、昼八ツになっても一人も戻ってこない。更に一刻が経ち、春の陽が西に傾いてきている。さすがに高川も、ヤキモキが募る。報せが遅くなればなるほど、不利になるのがこの手の探索である。

「まだ、誰も戻っては来んか？」

片岡と山田を前にして、御用部屋をぐるぐると落ち着きなく回る。

「ご家老、少しは落ち着いてくだされ。何かあったかと、家臣たちに勘ぐられますぞ」

高川を諫めたのは、片岡であった。更に半刻が経ち、西の空が茜色に染まるころ、ようやく二人が戻ってきた。

「足を棒にして捜しましたが、つるまという男は深川黒江町にはおりませんでした」

「他の者はどうした？」

戻ってきた家臣は、山田の部下である。

「はっ、黒江町ばかりでなく深川一帯を手分けして捜しております。内密にせよとの仰せですので、それとなく聞き出すものですから余計に時がかかってしまい……」

「さようであったな。もうよい、下がれ」

家臣二人を追い払うと、高川はまたも落ち着きを無くし、部屋の中を歩き回りはじめた。

やがて、暮六ツを報せる捨て鐘が、三度早打ちで鳴った。この刻から、夜に向かう。

「つるまという名の男はおらんのか」

唇を嚙み締め、高川の悔恨こもる口調であった。そこに——、

「ただ今戻りました」

二人戻り、四人戻り、三々五々それから四半刻して、朝出て行った二十人全員が戻ってきた。しかし、誰もつるまを捜し出せた者はいない。

「役に立たん奴らだ！」

家老の苛立ちが、口汚く吐かれた。

横内という、最後に戻ってきた家臣がいる。殿の警備を仕る、徒組に属し番頭山田の直属の部下である。

「おらんかったか」

こうなると、諦めが先にたつ。三人の重鎮はガックリと肩を落とし、顔面が壊れんばかりの渋面を拵えている。

「嘆いている場合ではないの」

その横内の報せを聞いて、次の手を打たなくてはならない。重鎮たちは気を取

り戻し、裃（かみしも）を立てた。

「横内、下がってよいぞ。ご苦労であった」

山田が部下である横内に向けて言った。その口調に苦悶（くもん）の表情は見られない。

だが、横内が何か言いたげだ。

「いかがした？」

「番頭様、つるまという名の男はおりませんでしたが……」

「なんだと！」

重鎮たちの声が揃（そろ）い、裃が前方に倒れるように向いた。

「どういうことだ？」

「はっ、富岡橋（とみおか）近くの黒江町に……」

高川の急（せ）かす問いに、横内は、事情が分からぬが故に答える口調がおっとりしている。

「そんなことはいいから、結果を先に言え！」

高川の剣幕に横内は慄（おのの）き、のけぞる姿勢となった。

「ご家老、もっと穏やかに……」

「さようであったな」

片岡の諫めに、高川も気持ちを戻す。

「それで、どうした?」

口調は、穏やかだ。

「つるまという名はおりませんでしたが、一人『鶴松(つるまつ)』という男が……」

重鎮三人が、互いの顔を見合わせる。なんでそれを先に言わんかと、怒鳴りたくなる気持ちをグッと胸の内に抑えた。

「その鶴松という男、何をしている者だ?」

「それが、二百人の子分を従わせる博徒(ばくと)の貸元(かしもと)でして、猪鹿(いのしか)一家というところの……」

「やくざの親分だと?」

高川の顔が、俄(にわ)かに曇(くも)りをもった。

「はっ」

「二百人も従わせる親分なら、相当齢もいってるだろうの」

言う最中にも、裃が落ちる。

「それが、まだ二十代半ばの若い男だそうで」

「先代の跡取りか？」

「いえ、成り上がりだそうです」

高川の、裃がピンと張った。

「もうよい、下がれ」

猫の子でも追い払うような、高川の手の仕草であった。横内がいなくなり、重鎮は三角となって座り直した。

「鶴松という男に間違いなかろう。片岡に山田、いかが思う？」

「拙者も、間違いなかろうかと。殿の末期の言葉で、つるまのあとに一文字付いたような気がします」

「身共も、そう思いまする」

片岡と山田の意見が揃った。

「それにしても、二十代半ばで二百人も仕切るとは相当な男であるの」

たとえ長盛のご落胤でも、説得するのがかなり難儀と、高川は憂いを覚えた。

「……さてと、どう攻めるかの？」

うーむと唸り、三人腕を組んで考える。

「ここであれこれ考えていても仕方あらんな。明朝早く、わしと片岡で出向くことにする。猪鹿一家と言っておったな」

すぐにも行きたい衝動に駆られたが、まともにぶつかっても追い払われそうだ。相手は武士など、屁とも思っていない輩である。ここは一晩策を練ることにした。

――鶴松をどう口説くか。

その夜思案がそこに向かい、高川は眠れぬ夜を送った。あれこれ考えても仕方ないと思うものの、家老が背負う重圧に今にも押し潰されそうだ。思い浮かぶのは、悪い結果ばかりである。

「……博徒の親分では難しいのう。如何するかの？」

問いかけるのは、自分に向けてである。

「鶴松と言う男、いったいどんな男だ？　成り上がりと言っておったな。ならば相当な遣り手、相当な人物とみてよかろう。そうか……！」

すると、高川に閃いたことがあった。

「それほどの男なら、伊丹家の究極の難儀を救ってくれるかもしれん」

　物事は、前向きに考えることである。

「そこら辺にいる、いかれた男なら、その場凌ぎの姑息でしかあらんからの。それだけでは、駄目なのだ」

　二つ返事で食いついてくるような男なら、まったく必要がない。落とすのが、難儀であればあるほどそこに価値がある。

「この男を落としてこそ……絶対に大名にしてやる」

　まだ見ぬ鶴松の顔を思い浮かべ、高川が独りごちる。

「もう、全身からぶつかるより仕方あらんな」

　意気込みは、更に眠気を浅くする。

「眠れぬなら、殿の顔でも拝んでくるか」

　夜具を撥ね除け、高川は夜着のまま立ち上がった。主君が永眠する寝所へと向かう。

　安静が一番、病気に障ると家臣たちには寝所に近づかぬよう言い含めてある。だが、ご遺体以外誰もいない部屋から、明かりが漏れている。

「東庵が……？　いや、そんなはずはあるまい」

高川は、ゆっくりと音を立てずに襖を二寸ほど開いた。中を覗き込むと、裃を纏った男が二人、長盛を前にして座っている。背中を向けているので顔は分からぬが、その後ろ姿には見覚えがあった。

「片岡に、山田……」

「ご家老……眠れませんでしてな」

「わしも同じだ。そんなわけで、殿の顔を見に来た」

「身共もです」

片岡と山田が交互に答えた。だが、二人と高川は心持ちが異なる。片岡と山田は今後の心配で眠れず、高川は意気込みの興奮で寝られないという違いがあった。その思いを、高川は二人にぶつけた。

「さすが、ご家老。まったくもって、然り」

「拙者も、同感でござります」

三人の気持ちが、前向きに揃った。すると、死後硬直でつっぱる長盛の顔が、一瞬緩みをもった。

「殿が笑いましたぞ」

片岡の言葉に、二人が小さく頷く。

「ああ、わしにも思えた。気のせいであろうが、心の持ち方でそう見えるものよ」

一筋の光を見つけたか、三人の表情にいく分明るみが射した。

二

破天荒に生きる男がいた。

弱冠二十五歳で二百人の配下がいる、博徒の親分にのし上がった男で名を鶴松といった。この男、やくざとしてはまったく零からの成り上がりである。腕と気風と度胸だけでは、若くしてここまでは来られない。そこに、才覚というのが加わって、初めてのし上がれる渡世である。だがこの鶴松は、まだまだそれだけでは収まらない、爆発しそうな熱量を含んでいた。鶴松自身、自分ではまだそこに気づいてはいない。

鶴松の人生が一変する事が起きたのは、天保七年弥生の半ばであった。

江戸中が活気を取り戻す、朝五ツどきであった。

猪鹿一家の戸口の前に、略式の裃を纏い、深編笠を被った武士が二人立ってい
る。しばらくは、躊躇うかのように、黒塗り壁の総二階建てである猪鹿一家の本
拠を見やっている。

「いつまでも、こんな所につっ立っていても仕方あるまい」

障子戸に書かれた丸に鹿の代紋を眺め、丹田に力を込めて気を高める。

「よし、片岡……」

深編笠を取ると家老の高川が、片岡に向けて顎で指図を送った。

「かしこまりました」

片岡が障子の取っ手に指を添えると同時に、ガラリと音を立て中から戸を開く
者がいた。片岡と、鉢合わせするような形となった。

「誰でえ、てめえは？」

格子模様の小袖を着流した、若い三下風情の口汚い言葉が片岡に浴びせられる。

「ここに、鶴松という……」

「親分に、なんの用だってんだ?」

無頼特有の凄みを、これでもかと相手にぶつける。初っ端から、舐められてはいけないという本能がそうさせる。

「取り次ぎを頼みたい」

「取り次ぐのはかまわねえが、てめえらから名を名乗るのが筋ってもんだろ」

やくざ渡世では、仁義を切って挨拶を交すのが慣わしである。その作法に、武士もへったくれもない。身分など、どこ吹く風の世界である。

「すまなかった。拙者高川監物と申し、松越藩は伊丹家の江戸家老を仰せつかる者である。こちらは、片岡彦兵衛と申す。江戸留守居役でござる」

「ずいぶんと偉そうだが、親分になんの用事か、まだ聞いてねえな」

結構三下も頑なである。大名家の重鎮と聞いても、物怖じ一つしない。それを高川は良い方に取った。こういう輩たちを束ねる男だけに、肚の据わりが感じられる。

「すまぬな。用件は、親分さんに直に会ってお伝えするので、急ぎ取り次ぎをお願いしたい」

言って高川は、三下に向けて深く頭を下げた。片岡もそれに倣(なら)い、不承不承(ふしょうぶしょう)にも頭を下げた。

「おい、牛吉(うしきち)」

三下牛吉の背後から声がかかった。

「お侍(さむらい)さま相手に何をしてる?」

「これは代貸(だいがし)。実は……」

牛吉が、経緯(いきさつ)を語った。

「馬鹿野郎、お侍さまに向かって……申しわけありやせん。どうぞ、お入りなすって。今取り次いでまいりやすから、ちょっとお待ちくだせい」

さすが親分の片腕と言われる代貸である。峰吉(みねきち)といって、三十五歳になる脂(あぶら)の乗り切った男である。

「……それにしても鶴松という男」

十歳以上も年上の男を従え、頂上に立っている。このやり取りだけでも、鶴松の大きさを高川は知る思いであった。

鶴松の居間は、長くて狭い廊下を伝って一番奥にある。廊下の幅が狭いのは、喧嘩で殴り込みがあったとき、敵に刀を振らせない工夫である。

「親分……」

峰吉が障子越しに、声を飛ばした。

「代貸かい。いいから入んなよ」

障子を開けると、鶴松が博徒の氏神様を祀った神棚を背にし、長火鉢を前にして煙草を燻らせている。月代を剃ったばかりなので、頭の天辺が青々としている。一月ほど前に、先代の跡を継ぎ貸元になり、跡目披露の際に月代を剃った。それまでは、月代のない野郎髷であった。

普段の眼光は穏やかで、一見すればやくざの親分と思う者はいまい。どちらかといえば、大店の主を連想できる。それが端的に現れているのは、福相といわれる耳朶が大きいところにあった。それと、とにかく顔がでかい。もっとも、体そのものが上背六尺近くあり、その比率から違和感はなくむしろ整っているといえる。

顔の大きさに比べ目が小さく、両目の間隔が少し広い。人相見で『命宮』と呼ばれる眉間にはもう一つ目が付いてそうな錯覚を覚え、物事を見抜く眼力が感じられる。

いく分鰓が張り、頬骨が出ているところは信念の強さと屈強さを髣髴させる。文句のつけようがない福相だが、一つだけ難があるとすれば小鼻が張った鼻の穴が大きいところだ。そこが、顔全体の調和をいく分崩している。全てが整うよりも、いくらか欠点の有るほうが他人は親近感が湧き近寄って来るものだ。実際に、鶴松は他人からも子分たちからも好かれ、頼れる存在であった。

「どうかしたんかい？」

「へえ、親分を訪ねて客人が……」

「客人？　同業なら、代貸に任せるぜ」

「それが、偉いお侍さんで。それも二人で……」

「偉い侍だと？　そんなもんには縁がねえけどな。それで、いったい誰なんで」

「それが、松越藩伊丹家のご家老と留守居役様が……」

「伊丹家だって？」

鶴松の眼が、一瞬光を帯びた。そして、鼻の穴を広げて峰吉に問うた。

「何か……？」

「いや、なんでもねえ。せっかくお侍が訪ねて来たんだ。話ぐれえは聞いてやろうじゃねえか」

「それじゃ、お通ししてもよろしいんで？」

「ああ、通してくれ」

かしこまりやしたと言って、峰吉は親分の居間から出ていく。峰吉がいなくなると、鶴松は顔を上に向け天井長押（なげし）辺りを見つめている。

「……伊丹家」

小声の呟（つぶや）きが、煙草の煙と一緒に口から吐き出された。そこに、峰吉が戻ってきた。

「親分、お連れしてめえりやした」

峰吉の声が通ると、鶴松は赤銅色（しゃくどういろ）の長煙管（ながギセル）の雁首（がんくび）を五徳にぶつけ、煙草の火種を飛ばした。

「入ってもらいなせえ」

鶴松の声と同時に、腰高障子が開いた。長火鉢を前にして二十五歳前後の若い男が座っている。聞いてはいても実際に目にしたその若さに、高川と片岡は一瞬驚きの表情を浮かべた。

——この若さで二百人を束ねる頭領。

それだけで、度量の大きさが感じられる。

「やくざ所帯じゃ、気の利いたお構いも出来やせんが……」

「いや、お構いなくて結構でござる」

鶴松と、伊丹家重鎮の初対面であった。

「拙者、松越藩伊丹家……」

「そいつは聞いてますんで、お名だけ聞かせちゃくれやせんか」

「拙者は江戸家老の高川監物」

「身共は、江戸留守居役を仰せつかる片岡彦兵衛でござる」

「そんな藩のお偉いさんが、何故にてめえごときを……ちょっと待っておくんなせえ」

鶴松は言葉を止め、顔を障子戸に向けた。

「誰か、茶を持って来い！」

その声音の大きさに、高川と片岡が驚く。耳の鼓膜が破れるのではないかと、耳を塞ぐ前に声は通り過ぎた。

「すいやせん。それで、ご用というのを聞かせちゃくれやせんか」

「実は……」

高川の口から経緯が語られる。隠すことなく、全てを語った。嘘を吐いたり隠し事をしても、全て見透かされそうな、そんな怖さを鶴松に抱いた。

「お殿様がご逝去なされたのが、何故にてめえと関わりがあると？」

「殿が、今際の際に鶴松様のお名を……」

「何ですって！　俺が伊丹長盛公の落胤だって？　とんでもねえ間違えだ。だいいち、俺の親父は日本橋でまだピンピンしてますぜ」

そこに、三下の手で茶が運ばれてきた。

「間違えだと分かったら、茶でも飲んでお引き取りなすっておくんなせい」

言って鶴松は、煙管の雁首に煙草を詰め、一服燻らせた。もう、話は済んだとばかりの鶴松の言葉と態度であった。

だが、茶を飲み干しても高川に立ち上がる気配はない。片岡もそれに倣い、座ったままである。むしろ、二人は石のように固くなり、頑として動こうとする気配はない。

「何をしてますんで？　話は終わりましたぜ」

それでもまだ、二人は立ち上がろうとはしない。

普段なら、子分を呼んで追い出すのだが、鶴松のほうもそれはしない。すると、高川の態度が変わった。立つのではなく、逆に平伏して畳に額を押し付けた。慌てて片岡もそれに倣う。

「どうしやした？　頭を上げておくんなせえ」

二人の仕草に、鶴松が戸惑う。

「鶴松様、どうか我が伊丹家の当主になってくだされ」

これには江戸留守居役の片岡も驚き、顔を伏せながら高川に目を向けた。それ以上に鶴松の仰天する顔が高川の伏せた月代に向いている。

「なんだって！　俺は伊丹家とは親戚でもなんでもねえ。血の繋がりなんて、一滴たりもねえぜ」

「血縁なんてどうでもよい。ここは伊丹家の一大事。どうかお力を貸してくだされ」

　更に強く畳に額をこすりつける。

「とんでもねえ話だ。もう用は済んだ、帰ってくれ」

　それでも二人は立ち上がろうとしない。

「世継ぎがいないと伊丹家は断絶。家臣家族一万余名が路頭に迷ってしまいます。それと国元の大勢の領民たちが飢えに苦しみ、難儀しております」

「そんなこと言われやしても。てめえは今、二百人がところの子分を抱え……」

　鶴松の困惑の表情に、高川は一押しする。

「無理は充分承知しております。無理は承知で一年、いや半年、いや三月、いや一月でも……」

　――この男ならやってくれる。

　他人の困窮を無下にする男ではないと、鶴松を一目見た時から高川は思っている。

「たとえ一日でもできねえものはできねえ。こんなことしてても埒は明かねえ。ここは一度引き取っておくんなせい。てめえも、これから行くところがありますんで」

　鶴松の言葉に、ようやく二人の頭が上がった。月代と額の間にはくっきりと畳の目が刻まれている。

「それでは、明日また参ります。片岡、引き上げようぞ」

「……………」

　鶴松は、答えもせずに天井長押あたりに目を向けている。

「それでは、ご無礼」

　二人が立ち上がったと同時に、

「おい、客人がおけえりだ！」

　はたまた、耳を劈くほどの爆声が鶴松の口から発せられた。

三

　猪鹿一家を出ると同時に、高川と片岡は深網笠を被り江戸藩邸への帰路についた。富岡橋の手前を左に曲がり、しばらくは堀沿いを歩く。その道々で、二人のやり取りがあった。

「まさかご家老が、ああ言うとは思ってもおりませんでした」

「お家を救うには、これ以外に無い」

「ですが、返事はつれなかったですな」

「片岡は、そう思うか？　わしは、逆に取ったな」

「ほう。するとご家老は……」

「完全には断られてはおらん。一度引き取ってくれと言ってたからの。まだ、聞く耳があるってことだ。そうでないと、話の途中で子分たちを呼んで、わしらはとっくに摘み出されてただろうよ」

「なるほど……」

「明日の朝、また参るとする。なんべん断られてもな」

「ご家老は、鶴松という男に惚れられましたな」

「ああ……あの男は、たった二百人からのやくざの親分に止まるような男ではない。舞台さえ作ってやれば、とんでもないことをしでかす男だ」

「それはずいぶんと見込んだもので」

「そうだの。あの男の器(うつわ)のでかさは、一万石なんて小さなもんだ」

「なんですと！」

片岡が立ち止まり、深網笠の中から高川を覗(のぞ)き見る。

「そんなに驚くほどのことではない。いいから早く藩邸に戻ろうぞ」

それからは無言となって歩く。


伊丹家の重鎮がいなくなると、鶴松は部屋の真ん中で大の字となった。

出かけるというのは方便で、考えたいことがあったからだ。

「……伊丹の殿様が死んだ」

呟きが鶴松の口から漏れた。

「鶴丸(つるまる)、おめえも死んじまったからな」

独りごちる鶴松には、かつて鶴丸という兄弟分がいた。五年前に、つまらぬ無頼との喧嘩で一命を落とし、すでにこの世にはいない。二人は両鶴(りょうかく)と呼ばれ、深川で名を馳(は)せた無頼漢であった。鶴丸が死んだ後、鶴松は猪鹿一家の先代政吉(まさきち)から盃(さかずき)をもらい子分となった。

「俺を落ち着かせてくれたのは、鶴丸と伊丹の殿様だった」

鶴松の独り言が続くそこに、

「親分、よろしいですかい？」

障子の向こうから、代貸峰吉の声が聞こえた。

「急ぎかい？」

「いえ、それほどでは」

「だったら、しばらく独りにしておいてくれねえか。それと、誰も近づかせねえでくれ」

「へい」

鶴松に、いつもと違う雰囲気を感じ峰吉はいく分首を傾げて返した。峰吉の去っていく足音を聞いて、鶴松は物思いに耽る。

「……もう、十年以上も経つか」

鶴松の頭の中は、十年前に遡っていた。

更にその先十五年前、文化八年の暑さ厳しい水無月は夏の真っ只中に鶴松は生まれた。生まれ在所は、両国橋に近い米沢町である。五歳まではそこで暮らしていたが、急の流行り病で母親を亡くし、実の父に引き取られた。

日本橋十軒店の東海道に通じる大通りの両脇は、江戸でも有数の大店が建ち並ぶところである。その大店の一軒に『大徳屋』という、油商があった。江戸中の油問屋や小売商の組合で作る株仲間の元締めである。その大徳屋の主人治兵衛が鶴松の父親である。

大徳屋の持つ財は十万両とも二十万両とも噂され、豪商の一軒に数えられていた。鶴松は、治兵衛の五男として引き取られ、それからは異端児と呼ばれるに相応しい育ち方をした。母親が妾ということもあり、正妻や兄弟からは蔑まれたものの、鶴松はまったくそんなことに頓着しない。

鶴松十歳のころに、こんな出来事があった。

ある日の朝飯どき。家族一同で食事を摂るのが慣わしである。

鶴松が、盛られた飯に箸をつけたそのとき、箸の先に小さな違和感を覚えた。すると、飯の中から油虫の死骸が出てきた。誰かが故意に入れたものである。鶴松は、気づかぬ振りをして回りのご飯を食べた。すると、四歳年上の三男三木助が鶴松に声をかけた。

「――どうだ鶴松、うまいか？」

これで、仕掛けたのが誰か分かった。鶴松は油虫を箸で摘むと、くれ縁から裸足のまま庭へと下りた。そして、手で小さな穴を掘り油虫を埋めた。三木助だけがうす笑いを漏らし、他は何があったのかと訝しげに鶴松を見ている。

鶴松はくれ縁に立つと、自分の席には戻らず三木助の背後に回った。そして、何も言わずに三木助の背中に強烈な蹴りを一発見舞った。三木助はたまらず突っ伏し、自分の御膳に顔を埋めた。

鶴松、十歳の啖呵を放つ。

「うちは油屋だぜ。油虫を大事にしねえでどうしやがる！」

子供の頃より、怒ると途轍もない大声となった。その場にいる全員、両手で耳を塞いでいる。耳を塞ぐ三木助の頭上で、なおも鶴松は大声を打ちかます。

「てめえより小せえものばかり甚振りやがって。てめえも油虫と同じようにしてやっから、表に出やがれ！」

御膳に顔を突っ伏す三木助の襟首を持ち、引っ張ったところで声がかかった。

「鶴松、もうそのへんにしておけ」

声を掛けたのは、床の間を背にして座る父親の治兵衛であった。朝食だけは、毎朝家族と一緒に摂っている。

治兵衛の一言で、鶴松は三木助の襟から手を離した。治兵衛からは、あとの言葉はない。鶴松は自分の席に戻ると、何事もなかったような顔をして朝食を摂った。

それ以後、誰も鶴松を甚振る者はいなくなった。そして五年後の春半ば、大徳屋の主治兵衛が、鶴松を自分の居間へと呼んだ。鶴松十五歳のときであった。

鶴松は、親の前でも正座はしない。胡坐をかいて、治兵衛と向き合った。それを治兵衛は咎めようとはしない。

「話って、なんでしょうか？」

態度と違って、口は敬っている。

「鶴松は、幾つになった？」

「お父っつぁんは、自分の子の齢も知らないので？」

「いや、そういう意味ではない。屁理屈はいいから、訊かれたことに答えなさい」

「十五歳になりました」

「もう、大人であるな。だったら、心して聞いてくれ」

「はい」

父親の、真剣な眼差し(まなざし)に、鶴松は居住まいを正して正座となった。治兵衛は鶴松の聞く姿勢に、小さく頷きを見せた。

「行く末、大徳屋の身代(しんだい)を鶴松に任そうと思ってな」

治兵衛の口からいきなり出たのは、とんでもない話の中身であった。正妻の子たちを差し置き、妾の子に跡を継がせるという。しかも、末っ子である。だが、鶴松は上の空で治兵衛の話を聞いていた。鶴松の表情に変化がない。

「どうした、鶴松。もう一度言おうか？」

「いえ、一度言ってもらえば分かります」

治兵衛の言葉に、鶴松は小さく首を振った。

――何故(なぜ)か、驚く様子はないな。これほどの身代を継げと急に言われたら、誰だって腰を抜かすところだが……。

動じてもいない鶴松に向けて、治兵衛はさらに言葉を重ねる。

「なんだ、鶴松はこの身代をいらないってのか？　他の兄弟に遠慮することはない。わしは五年前、三木助に蹴りをくれた時から決めていた。おまえなら、更に身代を伸ばしてくれるとな」

「いえ。そうではなく、自分はもっとでかいことをやりたいのです」

「でかいことって、大徳屋のやっていることが小さいとでも言うのか？」

「はい。いくら身代が大きく、財産があろうとも、お父っつぁんのやってることは小さい」

「小さいって……まあ、いいから先を話せ」

「俺から言わせれば、小商いだ。油屋が悪いとは言いませんし、それは絶対に口にしてはいけないことです。そんなんで俺はこの先、国を動かすようなでかいことをしたいと思ってます」

「何をしようと思っている？」

「いや、まだそれは……これからこの家を出て、探して歩こうと思ってます」

「家を出るって？」

「はい。お父っつぁんに話した以上、今日にもこの家を出ていきます」

「今日にもって……どこで暮らすと言うのだ？　話の筋じゃ、住む場所も決まっておらんだろう」

「寝泊りするところは、いくらでもあります。いざとなれば、軒下(のきした)だって縁の下だっていくらでもあります。雨露を凌げれば、どこだって住まいです。江戸中、いえこの国中が俺の宿(やさ)です」

治兵衛の開いた口が塞がらない。この鶴松に、何を言っても聞きそうもない。ならば、最後に親らしいことを一つしてやろうと。

「ちょっと待ってなさい」

言って治兵衛は立ち上がると、床の間の袋戸を開けると手箱を取り出した。そこにはいつも二百両ほどの現金が置いてある。二十五両の切り餅(きりもち)八個を全部摑(つか)むと、鶴松と再び向き合った。

「だったら、これを持って行きなさい。当座の役に立つだろう」

鶴松の膝先に、二百両を差し出した。

「いえ。ビタ一文たりともいりませんし、お父っつぁんの助は特にいりません。俺は裸一貫から始めて、いつかお父っつぁんを追い越してやろうと決めてました」

そのまま二百両を、治兵衛の膝元につき返す。治兵衛は、膝元に置かれた金には手を触れずに言う。

「ほう、でかいことを言いおる。だったら、一つだけ鶴松にしてやれることがある。これだけは、遠慮しないで受け取っておけ」

豪商の見据える目は、鶴松の眉間一点に集中している。怒る目つきではない。

「はい。邪魔じゃなければ、ありがたく頂戴いたします」

「いや、逆に邪魔なものを取り除いてやろうというのだ」

「何をでしょうか？」

鶴松が、すぐに思いつくものではない。小首を傾げて訊いた。そこに治兵衛がおもむろに語り出す。

「今日限り、わしとおまえは親でも子でもない。まったく赤の他人だ。鶴松を勘当して、この家の子にあらずとお上に届けを出しておく。それと、もう二度とこの家の敷居を跨いではならん」

　怒り口調ではない。むしろ治兵衛の顔には、この子を跡取りにできなかった、悔恨の表情が現れている。

「どうだ、これで。この先おまえには、大徳屋という邪魔な後ろ盾が無くなった。何をしても、かまわんということだ」

「お父っ……いえ治兵衛さん、ありがたく受け取らせていただきます」

　鶴松は、畳に手をつき深く頭を下げた。

「……さて、どんなことをしでかすか、それが分かるまで死ぬに死ねんな」

　治兵衛は、五十歳を過ぎたばかりである。引退は、まだまだ先になると自らの気持ちに活を入れた。呟きは、鶴松に届いていない。

「これまでお世話になりました。どうぞ、お達者で」

「…………」

　返事はない。ただ、一文字に口元を引き締める表情に、鶴松は治兵衛の気持ちを知った。

四

それから半刻後。

思いもしなかった、鶴松の急な出立(しゅったつ)であった。春の陽が真南に昇った正午ごろ、鶴松は裏庭の木戸を開け路地へと出た。

敷地五百坪の屋敷は、高さ十尺の板塀に囲まれている。鶴松は塀に向かって一礼を残すと、東海道に通じる大通りへと出た。

唐桟織(とうざんおり)の小袖に、素足(すあし)に雪駄(せった)履きの身形(みなり)では寒さを感じる季節である。そこに着替えの入った小さな風呂敷包を背負い、懐(ふところ)には小遣いを貯めた巾着(きんちゃく)を忍ばせている。巾着の中は、一分と一朱金が一枚ずつに小粒銀が二個、そして文銭が四十文ほど入っている。まさに着の身着のまま鶴松は、十五歳にして地獄の淵へと足を掛けたのであった。

大徳屋の倅(せがれ)といえば、どこでも雇ってくれるだろうが、その後ろ盾は断ち切っている。勘当された以上、これからは無宿者(むしゅくもの)である。誰も頼る者のいない江戸で、鶴松は独りで暮らしていかなくてはならない。

「……とにかく働くところだ」

どこ行くと当てもなく歩きながら、鶴松は商店の戸口を気にした。奉公人求むの張り紙はないかと。すると『小僧求む』と、瀬戸物屋が丁稚を求めている。鶴松は、ここで働こうと戸口の敷居を跨いだ。そして、すぐに出てきた。

人別帳にも載らず素性も語れぬ無宿人を雇うことはできないと、二言で断られた。それから十軒ほど商店に奉公先を求めたが、どこも首を縦に振るところはない。近頃は物騒で、仲間を奉公人として送り込む、引き込み強盗が多発している。身分素性が分からぬ者は雇わぬというのが、ほとんどの店の言い分であった。

鶴松は蔵前通りをひたすら歩き、いつしか浅草花川戸の辻まで来ていた。右を見ると、吾妻橋の大橋が大川に架かっている。橋を渡れば本所、向島である。江戸の喧騒とは、かけ離れる。

辻をつっきり真っ直ぐ行けば、そこからは馬道といわれ、遠く日光、奥州、常陸に向かう五街道の一つである。左は浅草広小路で、江戸でも有数の繁華街である。

夕方に差し掛かり、鶴松は朝以来何も食していないのを思い出した。やがて、浅草寺から打ち出す鐘が暮六ツを報せに鳴り出す。

　銭はなるべく使いたくなかったが、のっけから飢え死にでは洒落にもならない。

夕方になっても人通りの絶えない、浅草広小路に鶴松は足を向けた。

　金龍山浅草寺の入り口である雷門に、鶴松の足は止まった。ずっと以前、母親に連れられ雷門の大提灯の下を潜ったことを思い出した。

「……そうだ、浅草寺さんにお参りをしなくちゃ」

　空腹を我慢して、鶴松は雷門を潜った。観音様に一文を寄進すると、その足を西門に向けた。その先は、浅草奥山と呼ばれるところで、芝居小屋や食べ物屋が建ち並ぶ賑やかな界隈である。鶴松は、そこに蕎麦屋を見つけ、暖簾を潜った。捏ねたそば粉を団子にして茹で、醤油を垂らした蕎麦がきを丼一杯食し、腹を満たした。十六文払い、外に出る。すると、十歩も歩いたところで人とぶつかる衝撃があった。二十歳前後の若い女であった。

「ごめんよ、脇を向いてたもので」

　と、女は一言謝り去っていく。

　腹は満腹。鶴松は、界隈に安宿を探した。

田原町（たわらまち）で『木賃宿　一泊十五文』の看板に引かれ、敷居を跨いだ。

「無い！」

懐にあるはずの巾着が無い。

大徳屋を出てからたった半日で、鶴松は無一文となった。

それを境に鶴松は、どん底に更に穴が二つ三つ空いた、底の底の底で蠢（うごめ）くことになる。

大徳屋の屋敷を出て、鶴松が初めて取った宿は浄土真宗東本願寺の本堂の、縁の下であった。畳ではなく、土の上。夜具の無い夜を過ごすのは、生まれて初めてである。

二日三日は、これまでとはまったく正反対の環境の変化が新鮮で楽しい。腹が減ったら、墓場のお供え物を、ごめんなさいよと言って頂戴すればその場の凌ぎにはなる。これこそ自由奔放な生き方と、鶴松が謳歌（おうか）できたのは四日ほどであった。だが、この四日の間が鶴松を奈落（ならく）の底へと追いやり、そう簡単には抜け出せない、深い穴の底へと落とし込んだのである。

「このままではいけねえ」

鶴松が気づいた時は遅い。大徳屋を出た五日前とは、鶴松は変わり果てた姿となっていた。体と着物は泥に汚れ、髷は元結が切れてざんばら髪となり、垂れた髪に蜘蛛の巣がくっつき白髪と見紛う。そこにもってきて、墓場を餌場にする野犬や野良猫や鴉の怒りを買った。縄張りを荒らした者は人間だろうがなんだろうが容赦はしない。徒党を組んで襲ってきた。東本願寺の縁の下にいられたのは四日の間で、鶴松は逃げざるを得なくなった。

浅草から下谷にかけての一帯は寺町と呼ばれ、大小百四十もの寺院が軒を並べている。鶴松は、界隈の寺から寺を転々としてその場凌ぎの日々を送った。

月日が経ち、小袖の着流しを結わえていた献上帯も、いつしか荒縄と変わっている。鶴松だって、こんな生活を望んではいない。このどん底から抜け出そうともがけばもがくほど、浮かぶ瀬は無く、むしろどん底の底が抜けて、更なる巨穴へと身を落とすのであった。

どんな境遇であれ、命だけは失ってはならない。それだけが、鶴松の生きる信条となった。三日か四日で寺を追われ、浅草界隈の寺はほとんど住み尽くした。

そして二年目の夏、浅草にはいられないと、鶴松は大川を泳いで渡った。幼い頃大川を遊び場にしていたので、泳ぎには自信があった。

竹屋の渡し跡あたりで対岸に渡ると、そこは北本所表町である。大川端の河原には、宿無者が多く集まって暮らしている。皆、木屑などを集めて、苦労して建てた小屋に住んでいる。その住人がときどき外に姿を現すが、鶴松ほど酷い身形の者は誰一人いない。

鶴松は、ここを終の住処と考えて止まろうとしたが思い止まった。ここに住んだら、もう絶対に抜け出せないと思ったからだ。それほど、住み心地がよさそうだ。

「こんなところで一生を終えるのは、真っ平ごめんだ」

どこかで、必ず浮かび上がる機会がある。それだけを信じて、鶴松は生きてきた。齢も十七歳となっている。

「落ちるところまで落ちたんだ。こんな生活、いつまでも続くわけがねえ」

いつしか鶴松は、上を向くようになっていた。野良犬、野良猫、そして鴉にも追われた日々を『宝日』と捉えていた。ある日のこと、食うものが何もなく寺の縁の下でひもじい思いをしていた鶴松に、野良猫が鼠を一匹咥えて持ってきた。これを食えと差し出す姿に、鶴松はさすがに遠慮したが、涙を抑えることができなかった。生まれて初めて、鶴松は涙を流した。情の機微を、猫から学んだのである。

大川沿いを、鶴松の足は南に向いた。背中まで伸びたぼさぼさの髪に、ぼろぼろに裂けた小袖はすでに着物の体をなしてはいない。かろうじて、素っ裸の形を隠すだけの物となっていた。

大川を泳いだので、多少体はきれいになっている。それでも積もった垢は、どす黒くなって体にこびりついている。

「これも、俺の肥やしだ」

胸のあたりについた垢を、指で擦り落としながら鶴松は独りごちた。対岸を見ると、そこは江戸幕府が米の管理をする浅草御蔵である。御蔵の桟橋に、無数の帆船が停泊している。各地から送られてきた米俵を、人足たちが忙しそうに積み下ろししている姿があった。

「……あの米はみんな幕府の物か」

幕府に仕える旗本、御家人、そして役人たちの扶持米である。それが米穀商に買われ、庶民の口に入る。

「町民が、腹を減らすわけだ」

そんな面倒臭いことをやらずにもと、思ったものの今の鶴松にはどうすることもできない。

大徳屋を出てから二年の間、鶴松は多くのことを学んだ。忍耐、我慢、不撓不屈、情の機微。その一つ一つが、これからどん底の穴を埋めていく。それでも、すぐには都合よく、浮かび上がる機会は訪れてはこない。更に、一年の時が必要であった。

それから約一年後の文政十二年卯月中頃。

樹木は新緑に覆われ、初夏の陽射しがきつさを増す季節となっていた。相変わらず鶴松は、寺の境内を住処とし墓に供えられたお供え物を見つけては、それを糧としていた。野良犬や野良猫たちとも共存出来る術を会得し、敵対し合うよりも、互助の精神で助け合ったほうが生き易い。いつしか動物たちとも、言葉は交せぬまでも、心が通じ合えるようになっていた。すると、泥棒猫が『兄貴どうぞ』とばかり、焼いた魚をどこからか咥えてきて差し入れてくれたりする。鶴松の方も、犬猫が怪我や病気をすると、献身的に看病し完全に治癒するまで面倒を見てやったりした。

その頃鶴松は、深川小名木川に近い真言宗は長延寺という寺の縁の下に宿を取っていた。さほど構えは大きくなく、墓地も狭い。ただ、本堂の床下が高く、住むのに過ごしやすい。ここには、七日ほど滞在している。

その日は四月の十五日、満月が明るく照らす晩であった。

暮六ツを報せる鐘の音が遠く聞こえてくる頃、ざわざわと人の気配を鶴松は感じた。本堂を迂回して、人が吸い込まれていくように脇の庫裏へと入っていく。その数、総勢三十人はいる。

渡世人風情に交じり、商人風の男たちも多く見られる。そして錣頭巾で顔を隠した一際身形の立派な武士が一人、庫裏に向かっていくのを鶴松は目にした。

本堂の裏手に、離れの庫裏の戸口がある。その庫裏の中で、何かが行われている。鶴松には覚えがあった。これまでも、寺の一隅を借りての賭博が開帳されているのを知っている。寺社奉行管轄で、町方役人の踏み込めぬ場所として神社仏閣は博徒の稼ぎ場として利用されていた。

鶴松は、博奕にはまったく興味が無い。無一文には、縁のない遊びだ。本堂の縁の下で今夜もぐっすり眠ろうと、踵を返そうとしたところで鶴松は動きを止めた。

「なんだい、あれは？」

鶴松が目を向ける先で、おかしな光景に出くわした。無頼風が一人、床下を潜っていく。まともな図ではない。何かあると直感した鶴松は、しばらく間をおいてから庫裏の床下を追った。すると、建屋の中ほどあたりにぼんやりと明かりが点っている。

縁の下なら、鶴松の庭場である。自由自在に動き回ることができる。物音一つ立てず、鶴松は明かりに近づいた。

鶴松が動きを止めたのは、床板を通して声が聞こえてきたからだ。鶴松の耳は、幾多の危機を乗り切ってきたほど研ぎ澄まされている。

「――おい、殿様に五百両貸し付けてやれ。三千両がところ借金を拵えさせたあとで根こそぎ……」

ここまで聞けば魂胆は知れる。客の一人に、立派な身形の侍がいた。どこかの殿様を餌食にしようとしているのが分かる。

「悪い胴元だな」

鶴松は小さく呟くと、さらに奥へと向かった。明かりの元に、男が一人仰向けに寝ている。鶴松の姿は、暗闇の中にある。男の仕草は、鶴松からは手に取るように分かる。そこで、鶴松は動きを止め、男の挙動を注視した。

男がしていることは『穴熊』という、博奕では古典的な手目である。床下から覗く穴は盆床にあたり、薄縁一枚で仕切られ賽の目が透けて見える仕掛けが施されている。床下の男は、竹串か何かの細い棒で賽子をツンツンと突っつけば好きな目が出せるという寸法だ。


ご開帳から半刻ほどが経っている。

「また負けたか」

殿様らしき客が、悔恨の声を漏らしている。ことごとく、裏目が出ているようだ。盆床の真下で何がなされているか知らなければ、自分の不運を嘆くだけである。

「あと五百両……」

「お客人、三千両になりやすぜ」

「いくらになってもかまわん」

「貸して差し上げろ」

胴元の、目論見どおりにことが運んでいる。それを知っているのは、胴元以外では鶴松だけである。鶴松は、寝ている男に近づくと急所に当身を食らわせ気絶させた。男と入れ替わり、鶴松が寝そべる。

殿様の声で「半」と聞こえれば五と二の目を出し、「丁」と聞こえれば一のゾロ目を揃える。五回もやれば、賭場の様子に変化が出てくる。だが、表立って騒げないのが胴元の辛いところだ。

さすがに異変を感じ、胴元が子分に様子を探らせるため、一人床下に潜らせた。腹ばいで、近づいてくる。鶴松はここを潮時と思い、最後の勝負に一工夫凝らした。

「丁半揃いました、勝負！」

出方の声に合わせ、鶴松は盆床を破り賽壺の中に手を入れると賽子を二個摑んだ。壺振りからは、賽壺の中は見えない。

「勝負！」

と発し、賽壺を切ると中から垢にまみれた手がニョキリ。

手に握られた賽子が、壺振りに向けて投げられると、眉間に二個当り床に転がった。

客たちは啞然とし、一瞬何が起きたか分からぬようだ。

「この博奕は、全部いかさまだ！」

怒鳴ったのは、鶴松と齢が似通った無頼風情の若者である。

「こんな阿漕をしておったか。我が伊……いや、名は言えん。とにかく、いかさま賭博は三倍返しだ。わしがこれまで負けた四千両の三倍、一万二千両即刻払ってもらおうか。さもないと、ここにいる犬亀一家全員打ち首となるぞ」

場は騒然としている。客の大半は商人で、驚くものの口出しする者はいない。

やくざを相手にしているのは、殿様と若者の二人である。

「うるせえ、こいつらを外に出すんじゃねえぞ」

開き直ったか、犬亀一家の貸元らしき男が子分たちに命じた。と同時に、二十人ほどの子分たちが集結し、長脇差を鞘から抜いた。刃長二尺丁度の、反りのないやくざ仕立ての鋒が二人に向いている。

究極の腹減らしであったが、ここが人生の変えどころと、鶴松はありったけの力を振り絞り、床板ごと押し上げた。白布を巻いた盆茣蓙が宙に浮き、立ち上がったのは襤褸を纏い、ぼさぼさ髪が腰まで伸び、全身から異臭を発する、身の丈六尺もある、ガリガリに痩せた大男であった。

死ぬことなど端から恐れてはいない。鶴松一人で、犬亀一家全員を薙ぎ倒した。人間どん底から抜け出そうとの気概があれば、いざという時思わぬ力が発揮できる。それと、どんな事にも屈しない度胸が兼ね備わっているものだ。

五

鶴松が、殿様と若者によって連れて行かれたのは、小名木川沿いの海辺大工町の、黒塀に見越しの松が張り出す妾宅風情のある家であった。

四十に手が届く大年増だが、姐御肌の気風を感じさせる女が独りで暮らす家である。鶴松は、端から殿様のお手つきと悟った。そして、若者はその女の息子で、殿様は若者の父親だと知れた。だが、表立っては声に出せない一家である。武士と商人の違いはあるが、鶴松も同じ境遇に生まれていた。

「とにかく臭いわねえ」

「すいません、三年……」

鶴松が動くたびに臭いが漂い、殿様と女は鼻をつまむ。

「お絹、風呂を沸かしてあげなさい」

「鶴丸が、沸かしているみたいですよ」

言われる前に、すでに鶴丸と呼ばれた若者が風呂釜に薪をくべている。

四半刻もして、鶴丸が部屋へと戻ってきた。

「風呂が沸いたぜ」

鶴松にとって、およそ三年ぶりの湯殿であった。鶴丸が、背中に回ってゴシゴシと擦る。

「二回、三回じゃ落ちやしねえな」

「すまねえ……」

「謝ることはねえが、よくもこれほどまで汚くなったもんだ。ある意味、感心させられるぜ」

べたべたに固まった髪の毛は、お絹の洗髪用のふのりを熱湯で融かして使う。高価なふのりが、たちまちのうちになくなった。

「そうだ、あんた名を聞いてなかったな」

「俺は鶴松。あんたは、鶴丸っていうんだろ？」

「そうだ、よく知ってるな」

「お袋さんが、言ってた。殿様は、お袋さんのこれかい？」

鶴松が、親指を立てた。

「ああ……他人には言えねえ仲ってことだ」

「いったいどこの……いや、そいつは聞いちゃいけねえことだったな」

「いや、いずれ知れるだろうから教えとく。それに、あんたはあっちこっちで言いふらす男じゃねえだろうし」

「別に聞いてもしょうがねえけど、言いたいなら言ってみな」

鶴松の背中を洗いながら、鶴丸はおもむろに語り出す。

「出羽は松越藩ていう一万石の大名で、名は伊丹長盛ってんだ」

「なんでえ、大名とはすげえな。そのお殿様が、博奕三昧ってことか?」

「だが、それには理由(わけ)があってな」

鶴丸が事情を語る。鶴松は、それを黙って聞いた。


伊丹家の家臣が、犬亀一家の賭場(とば)で一千両の穴を空けた。ちょっとした手慰(てなぐさ)みのつもりが、私財では追いつかぬほどの額となり、とうとう藩の金に手を付けてしまった。藩主の長盛も、無類の遊び好きである。この賭場は何かあると踏んで、お絹に話を持ちかけた。

お絹は以前、女賭博師として名を馳せていた渡世人である。長盛の手付きとなり、鶴丸を産んでからは海辺大工町の妾宅に止まり渡世からは足を洗っていた。

母親の血は争えず、鶴丸は十六歳になって深川は黒江町に本拠を置く、猪鹿一家の政吉から盃をもらい、三下としてやくざ渡世に身を置いていた。

生まれた時から極道に育ち、『小名木の鶴丸』と呼ばれ近在の悪童たちからは一際恐れられる存在となっていた。

当時の猪鹿一家は、子分総勢三十人ほどしかおらず、本所と深川に縄張りを持つ、配下三百人の犬亀一家とは勢力的に大きな差があった。

「犬亀一家の賭場には何かあると見ます。鶴丸と探ってみてはいかがですか？」

長盛に打診をしたのは、お絹であった。五の付く日に開帳される犬亀一家の賭場に、長盛と鶴丸が潜入したのは二月ほど前であった。長盛が囮となってこれまで四度ほど通ったが、手目を暴けるものではない。鶴丸も、犬亀一家の仕掛けを見破るには至らなかった。

すでに二千両がところ長盛は持ち出している。この日五百両を借り、利息を含めると、三千両の借財となる。家臣の穴を含め、四千両が伊丹家財政の限界であった。この日、犬亀一家の仕掛けを暴かなければ、損切りして泣き寝入りも止むを得ない。背水の陣を、覚悟していたのである。

鶴松が、全てを救ったのだから、湯船が垢で汚れようが、ふのりを全部使われようが文句など言えない。

「それにしても、あんな仕掛けをしていたなんて、まったく分からなかったぜ」

経緯を語って、鶴丸は鶴松の背中に上がり湯をかけた。

「だいぶきれいになったな。これ以上擦ると、背中の皮がはがれちまう。今日は、このぐれえにしとこう。臭いは取れただろうしな」

「おかげでさっぱりした。こんなに気持ちいいのは、三年ぶりだ。ところで鶴丸……」

「なんだい？」

「犬亀一家をぶっ潰さねえか？」

鶴松の、いきなりの切り出しに、背中に湯をかける鶴丸の手が止まった。

「ぶっ潰すって、二人でか？」

「ああ、そうだ。あいつらは、俺の神聖な場所を汚しやがった。縁の下は、あんないかさまをやるためにあるんじゃねえ。家を持ち上げててくれる、大事な場所だ。ふざけやがって、縁の下をなんだと思ってやがる」

鶴松の憤りは、鶴丸には理解しかねたが、気持ちは充分伝わった。

「そうだな。だが、相手は三百人がところ……」

「何人いようが関係ねえ。狙いは親分と代貸だけだ。この二人の首を取れば、あとは蜥蜴の尻尾みてえなものだ」

「よし、分かった。それで、いつやる？」

「明日の夕方だ。そこで、伊丹家の一万二千両も返してもらう」

何食わぬ顔で言う鶴松に、鶴丸は両目を見開いて見やった。

「……こいつ、いってえ何者なんだ？」

「何か言ったか？」

「いっ、いや。早く風呂を上がろうじゃねえか。腹が減ってるだろう？」

いく分震えを帯びる声で、鶴丸は気持ちを誤魔化した。

三年ぶりの暖かい夜具に包まれ、鶴松はその夜死んだように眠った。

朝起きたときは、長盛はいなくなっていた。

「殿様が、鶴松によろしく言っといてくれって」

朝飯を茶碗に盛りながら、お絹が言った。鶴丸も、一度猪鹿一家に戻ると言って今はいない。

「鶴丸の着物じゃ、ちょいと小さいかねえ」

鶴松より、二寸ほど背丈が低い。それでも鶴丸は、当時の男としては大きいほうである。

「いや、とんでもない。昨日までは、ちんぽこがようやく隠れるほどの襤褸(ぼろ)でしたから……贅沢(ぜいたく)なもんです」

「おほほ、面白(おもしろ)いことを言うねえ」

お絹の笑いに、鶴松はようやく人並(ひとな)みに戻ったと小さく頷きを見せた。

昼頃になって、鶴丸が戻ってきた。今夜の殴り込みのために、鶴松用の長脇差を一振り持参している。

「そんなものいらねえよ。あんな奴ら、素手で充分。だいいち相手が三百人もいちゃ、刀一本あってもなくてもおんなじだ」

丸腰で、三百人を相手にすると鶴松は言う。

「いくらなんでも、そりゃ無茶だぜ」

鶴丸は、いささか心配になってきた。

「おっかねえのなら、一緒に行かなくてもいいぜ。俺一人で行ってくら。鶴丸は、金を運ぶ大八車を牽いて外で待っててくれりゃいい」

「そういうわけにはいかねえ。あんただけ、死なすわけには……」

「俺の住処はどこも墓場だ。いつ死んだって、埋まる穴は掘れてあら。俺が死んだら、どこでもいいから放り込んでくれてかまわねえ……もっとも、死にゃあしねえけどな」

鶴松の自信はどこから来るのか。鶴丸には、とんと合点がいかない。

「何故に鶴松は、そこまで言い切れるんで？」

「何故だかなあ？　まあ、一つ言えるのは、何も失う怖さがなくなりゃ、人間少しは強くなれるんじゃねえの」

「そんなもんかねえ？」

鶴松の言うことが理解できないのか、鶴丸が小首を傾げて言った。

「そんなもんさ」

「だったら俺も、失うものなんて何もねえ。とことん、つき合うぜ」

鶴丸が、決意を口にする。

「おっ母さんがいるじゃねえか」

「あれは、殿様のもんだ」

「よし、そいつを聞ければいい。一緒に行こうぜ」

「ああ、がってんだ」

鶴松がどんな手を使うのか、それだけでも楽しみだと鶴丸がウキウキした口調で返した。

「行っておいで」

お絹が、二人の背中に切り火を打つ。

真新しい褌を下に穿き、千本縞の小袖の着流しを兵児帯で締め、犬亀一家に二人が向かったのは、夕七ツを報せる鐘の音を聞いてからであった。

隣の大工から借りた大八車を鶴丸が牽く。ざんばら髪では格好がつかないと、鶴松の頭は野郎髷に整えられている。

六

小名木川に架かる高橋を渡り、北に二町ほど行ったところの常盤町一丁目に犬亀一家の本拠があった。亀甲の代紋が、戸口の遣戸に描かれている。両鶴は大八車を戸口の前に置くと、そこで小袖を脱いで褌一丁となった。

鶴丸が驚いたのは、鶴松の背中を見てである。彫り物などない。まだ、完全には落ち切れていない体の垢が、背中にぶちの模様を作っている。

「……観音様」

鶴丸が呟いたのは、鶴松の背中に浮いた模様が『観世音菩薩』の立像に見えたからだ。むろん、鶴松には見えてはいない。

「それじゃ、行くぜ」

鶴松は一声放つと障子戸の取っ手に指をかけ、一気に開けた。カツンと通し柱に障子の桟が当り、乾いた音を発した。

「ごめんよ」

十畳ほどの広い土間に立ち、奥に声を飛ばすと十人ほどの若い衆がぞろぞろと出てきた。褌一丁姿の二人を見て、驚愕している。鶴松はかまわず雪駄のままで、式台に足をかけた。土足で板の間に上がるも、若い衆たちは唖然と見やるだけだ。

「親分のいるところに、案内してもらおうか」

ここでの台詞（せりふ）は鶴松である。鶴丸は、黙って後ろについている。

十人ほどが抜刀している。

「何を慌ててやがる。俺たちは、親分に話があってきた。この通り、得物（えもの）は持たねえ丸腰だ」

手を上に挙げ、無抵抗の意思を示す。すると、抜いていた刀が、鞘へと納まった。だが、二重三重の人垣となって、二人を取り囲む。


奥の間で、犬亀一家貸元の権三（ごんぞう）が騒ぎを聞きつけている。

「なんの騒ぎでえ？」

酒で赤くなった鼻の頭を、先に報せ（しら）をもたらした子分に向けて言った。

「昨夜、賭場を荒らした二人が親分に話があると……」

「馬鹿野郎。あっちにあっても、こっちには用がねえ。早いところ、追い返しちまえ」

「へい。ですが、相手は褌一丁姿で……」

「褌一丁だと？」

権三の問いが発せられると同時に、障子戸が開いた。

「あんたが親分さんかい？」

鶴松が、鼻の穴を広げて問うた。

「ああ、そうだ」

権三の返事を待つまでもなく、鶴松は背後に回った。そのわずかな隙に、子分の腰から長脇差を抜き、権三の首に刃（やいば）をあてた。羽交（はが）い締（じ）めにして、動きを制する。

「金を返して貰（もら）いに来た。一万二千両、ここに持ってきな。早くしねえと、親分の首と胴体が二つに分かれるぜ」

「張ったりだ、かまうんじゃねえ」

権三の、口での抵抗があった。

「こんな鈍（なまく）ら刀じゃ用はなさねえ。鶴丸、誰かに匕首（あいくち）を借りてくれ」

鶴丸が、子分の懐から匕首を奪い鶴松に渡した。九寸五分の匕首を鞘から抜くと、鶴松は権三の額に『犬』という一文字を切り刻んだ。権三の額から、血が滴（したた）り落ちる。

「てめえなんざ、本当の犬よりも劣る畜生だぜ」

「誰か、金を持って来い」

鶴松を本気と取った権三は、周りを囲む子分たちに命じた。子分たちが持ってきたのは、千両箱が六個で半分にも満たない。

「これが全部で……」

代貸の金次郎が、首をうな垂れながら言った。

「半分じゃしょうがねえな。何か形になるものはねえかな。親分の腕をもらっても、何の役にも立たねえし……」

鶴松が、部屋の中をねめ回す。すると、背後の神棚に博徒の氏神様が祀ってある。『天照大神』『春日大明神』『八幡大菩薩』と書かれた小さな掛け軸がかかっている。

「てめえには、立派過ぎる神様だ」

鶴松は、神棚から掛け軸を取り外すと、矢立てを借りて空いたところに『ばか』『まぬけ』『おたんこなす』と書いた。

「あんたらの親分は、所詮こんなところよ。子分衆に分け与えねえでな、儲けた金を、自分一人のものだと思ってやがる。こんな親分の元にいたって、飼い殺しにされるだけだぜ」

「こんな野郎の言うことなんざ、聞くんじゃねえ」

権三が、搾り出すように声を嗄らして言った。だが、子分たちは首を振ろうともしない。むしろ、部屋から一人二人と減っていく。残ったのは、代貸の金次郎と子分五人ほどであった。

すると、代貸の金次郎が何を思ったか親分の権三に近づくと平手打ちを浴びせた。

「もう、おめえなんか親分と思わねえぜ」

一瞬で、鶴松は犬亀一家を二つに割った。だが、それだけでは治まらない。

「鶴丸、代貸を羽交い締めしてくれ」

言われた通り、鶴丸は金次郎の背後に回り体を押さえた。すると、鶴松は金次郎の額に亀の『か』と、仮名で一文字を刻んだ。

「親分を簡単に裏切るなんて、男の風上にもおけねえ。親の阿漕を見逃してきた報いを受けやがれ」

　権三と金次郎を畳の上に正座させると、鶴松は二人の髷を匕首で切り落とした。恥を掻いたら、この世界では生きてはいけない。

「これで終わったな。誰か、金を運ぶのを手伝ってくれ」

　怯える子分に、鶴松は大八車まで千両箱を運ばせた。そして、一箱だけを残すと一言添えた。

「これを、残った子分たちに分け与えてくれ。昨日、あんたらを見たら、どうせろくな物を食わせてもらえてねえと思ったんでな」

　鶴松は見抜いていたのである。犬亀一家の子分たちが、権三と金次郎に虐げられていたことを。

「あの子分たちなら、すぐにこっちになびくと思ってな」

　帰りの道すがら、大八車を牽く鶴丸に向けて鶴松が言った。


　三倍返しとは行かなかったが、松越藩の伊丹家には五千両の金が戻った。

　これには藩主長盛も喜び、鶴丸同様鶴松もかわいがった。そのことがあって、鶴松と鶴丸は五分の義兄弟の盃を交した。その間鶴松は、猪鹿一家の政吉の子分になれと勧められたが、やくざは嫌だと頑なに断った。

そして、二年の歳月が過ぎた。

もう縁の下には戻らないと決めている。海辺大工町の、お絹の家の近くの棟割長屋を借りて、鶴松はやることが見つからずのんべんだらりと過ごした。

そんなある日のこと、猪鹿一家の若い衆が血相を変えて鶴松の長屋に駆け込んで来た。顔面蒼白の顔に、鶴松は不安の影を宿した。

「何があったんで？」

「つっ、鶴丸の兄貴が……死んだ」

「なんだって！　何故に？　どうしてだ？」

「深川一色町の呑屋で、つまらねえ奴らと喧嘩し、不意を打たれて……」

この報せは、同時にお絹の元にも届けられている。

「こんなつまらない死に方をさせるために、あたしは鶴丸を育てたんじゃないよ」

気丈にも、お絹は涙を流さない。

「鶴丸が死んだことは、お殿様には伏せておいておくれ」

「分かったぜ、おっ母さん」

「おっ母さんと呼んでくれたね」

「あたりめえだよ。俺と鶴丸は兄弟だぜ」

その後鶴松は、お絹の心の癒しとなった。なので、お絹の立ち直りも早い。

鶴松は、鶴丸の思いもあって、猪鹿一家の政吉の盃を受け、子分となった。

まだ三十人所帯の下っ端から、鶴松の渡世人稼業が始まった。

猪鹿一家で鶴松はたちまち頭角を現し、一年後には代貸峰吉の下につく本出方まで出世していた。何よりも鶴松の功績が大きかったのは、子分を百五十人ほど増やしたことだ。

「——あの時、兄貴の背中に観音様を見やしてね」

そう口にしたのは、当時犬亀一家にいた子分である。その残党の多くが、鶴松を慕って猪鹿一家の盃を受けた。鶴松が身内となってから五年後には、猪鹿一家は二百人の所帯となって、深川を仕切る博徒の一大勢力にのし上がっていた。

親分政吉が逝去した後は、本来ならば代貸の峰吉が一家の跡を継ぐのが筋目である。だが、峰吉は跡目を鶴松に譲った。

「俺なんざが仕切れるのは、せいぜい三十人がところだ。こんなでかい所帯を引っ張れる器じゃねえ」

そう言って、峰吉は後釜に鶴松を推した。これまで兄貴分であった峰吉は、自ら進んで鶴松の子分となったのである。

七

「……いろんなことがあった」

思い出の余韻（よいん）に浸るうち、一瞬鶴松を睡魔が襲った。すると、鶴松の耳に聞き覚えのある声が聞こえてきた。

「つるまつ……鶴松……」

「あっ、おめえは……」

「ああ、鶴丸だ。おめえ、俺の代わりに殿様になっちゃくれねえか？」

「なんだって？」

鶴松が答えたときには、鶴丸の姿は消えている。そこで鶴松は目を覚ました。

するとと鶴松の目に映ったのは、二十歳もいくらか過ぎたあたりの、鼻筋が通った女であった。名をお亮といって、猪鹿一家の隣で八百屋を営むそこの娘である。子供のころより先代の政吉にかわいがられ、一家への出入りが許されていた。そのお亮が鶴松の気風に惚れ、親分になってからは勝手に姐御を気取っている。だが、鶴松としては妹くらいにしか思っていない。

「寝ている鶴松さんの顔って、かわいい」

「何を言ってやがる」

言いながら、鶴松は体を起こした。

「ところで鶴松さん、寝言を言ってた」

「なんて言ってた？」

「鶴丸……って。もしかしたら、鶴丸兄さんの夢を見てたの？」

「いや、お亮には関わりのねえことだ。そうだ、お亮。代貸を呼んできてくれねえか」

峰吉が、用事があるというのを、鶴松は思い出した。

「いいわよ」

お亮は立ち上がると、部屋をあとにした。その後ろ姿を、鶴松は欠伸(あくび)を堪(こら)えて見送る。

やがて代貸の峰吉が部屋へと入ってきた。その後ろにお亮がつき、長火鉢を前にして座る鶴松の脇に腰を下ろした。

「お亮、代貸と大事な話があるんだ。ちょっと、外に出ていてくれねえか」

「さっき、親父さんが捜してましたぜ。お亮が来てねえかって」

峰吉が、苦笑いを浮かべてお亮に告げた。渋々、口を尖(とが)らせ不満そうな表情を浮かべてお亮は部屋を出ていく。

「すまなかったな、さっきは。それで、何か用事があるみてえだったが？」

「いや、たいしたことじゃねえんで。もう、済みやしたから」

「そうかい」

峰吉がそう言うのなら、細かいことはいちいち訊かない。

「その件でしたら、あっしはこれで」

「いや、ちょっと待ってくれ」

浮かしかけた峰吉の腰を、鶴松が制した。深刻そうな顔をして呼び止める鶴松に、峰吉は思い当る節があった。

「先ほど来た、お侍さんたちのことですかい？」

「ああ……もしかしたら……いや、いい」

鶴松の心は揺れていた。珍しく歯切れの悪い鶴松に、峰吉の訝しげな表情が向く。

「どうかなすった……いや、余計なことは訊きやせん。親分が、話したくなったらいつでも耳を貸しますぜ」

「すまねえな、もうちょっと考えさせてくれ。その時が来たら、必ず話す」

「ええ。いつだってあっしは親分の味方だ」

十歳年下の鶴松を、峰吉は崇（あが）める。その心意気が、鶴松にとってありがたくもあり、頼もしくもあった。


翌日の朝、昨日と同じ刻に、伊丹家家老高川と江戸留守居役の片岡が訪れて来た。

すんなりと通され、鶴松の居間で向き合う。

「昨日は失礼をした。それで、考えていただきましたかな？」

高川は、開口一番用件を切り出した。

「ああ、考えましたぜ。やはり、俺の出る幕じゃねえ」

さらに鶴松が続けて言う。

「だいいち、俺が殿様だという証(あかし)がどこにあるんで？　お上じゃその証文がねえと取り合わねえんでしょ？」

鶴松の答は想定内とばかりに、高川の顔が一瞬綻(ほころ)んだ。だが、すぐに真顔に戻す。

「そんな物はどうにでもなります。偽の証文など、いくらでも作れますからな」

「俺たちよりも阿漕だな」

「拙者らだって、好きでそんなことはしたくない。だが、家臣領民一万余名の命がかかっていれば、嘘も吐けばいいかさまだってやる」

いかさまと聞いて、鶴松の顔に苦笑いが浮かんだ。

「博奕打ちに向かって、口にすることじゃありやせんぜ」

「そうでしたな。ですが、それだけ命懸(いのちが)けってことです」

「……命懸けか」

高川の言葉に、鶴松がふと呟く。

「ならば分かりやしたぜ」

言って鶴松はすっくとたち上がった。立つと身の丈六尺近い大男だ。千本縞の小袖の着流しに代紋の染め抜かれた半纏を纏うと、堂々とした貫禄がほとばしる。

「行きやしょうぜ」

「どちらへ？」

片岡が問うて、高川も立ち上がる。

「ついてきてもらえば分かりやす」

鶴松が先に歩き、高川と片岡が速足で追いかける。

「どこまで行くんでしょうね？」

「黙って歩け」

鶴松が向かったのは八町ほど先の、小名木川沿いにある海辺大工町の妾宅風の家であった。

そこに、見慣れぬ裃を着た立派な武士が訪れ、近在住民たちの驚く目が向いている。鶴松は、住民の視線に構うことなく一軒家の戸口に立った。

「おっ母さん、いるかい？」

返事も待たずに、鶴松が遣戸を開けた。

「おや鶴松、珍しいねえ。どうしたんだい、きょうは？」

「客人を連れてきた」

血の繋がりはないが、鶴松が母親と慕う女である。

二人の武士に、お絹の目が見開く。驚く顔に向けて、高川と片岡が小さく頭を下げた。

六畳の間が片付けられ、四人が座った。鶴松の口から経緯が語られる。

「お殿様がお亡くなりになった？」

お絹のくぐもる声に、高川と片岡は事情を悟った。これが、長盛お手つきの女だと。

「そんなんで俺を、鶴丸の代わりになっちゃくれねえかって言うんだ」

「そうだったのかい。だったら、あたしからもお願いするよ」

「えっ⁉」

男三人の驚きと、怪訝そうな声音が揃った。まさか、お絹がこんな言い方をするとは、鶴松ですら思いもしなかった。

「殿様になるのは、あの子の夢だったからねえ。なれるわけ無いのに」

濡れる目頭を、お絹は袂で拭いた。そして、立ち上がると水屋の物入れから一振りの小さ刀を取り出してきた。刃長一尺も無い、守り刀である。金糸銀糸の刀袋に納められた刀は、いかにも威厳がありそうだ。

「これを取りに来たのではないのかい？」

「それって……」

お絹と鶴松のやり取りを、黙って高川と片岡が聞いている。

「ええ、殿様の形見さ」

「小さ刀だけでは……」

証拠にはなり得ないと、片岡が言う。

「袋の中を見てごらんよ」

片岡が、刀袋から四つ折りにされた紙片を取り出す。読むと、鶴丸を子として認知する証文であった。きちんと長盛の花押も描かれている。

「これほど心強いものはない」

高川と片岡の喜びはいかばかりか。

「どうだい、鶴松。お殿様になってやっちゃ……」

「いや、いくらおっ母さんの頼みでも。俺には二百人の子分が……」

「なんだい、そのくすぶった言い方は！　男伊達が聞いて呆れるね。他人さまが困っているのを、見捨てちゃおけないってのがあんたの性分だろが!!」

お絹の啖呵に、大親分もたじたじである。

「そうだけど、おっ母さん。このことは、そうやすやすと決められることじゃないですぜ。ここはじっくり考えねえと、一つ間違ったらてえへんなことになる」

鶴松は、ここでの答を避けた。

「さようでござるな」

高川も承諾する。だが、猶予はあと二日しかない。

その夜、鶴松は峰吉と膝をつき合わせて語り合った。

事の経緯を、四半刻ほどかけて語ると、さすがの峰吉も腕を組んで考える素振りとなった。

「そんなことが、あったんですかい」

「ああ。こんなことは誰にも話せねえ。だけど、代貸だけには伝えておかねえとな」

「さいでしたかい。だったら親分、もう自分の気持ちは決まってるのではねえですかい?」

「どうして、そう思う?」

「殿様にならねえってのなら、こんなあっしになんか相談はかけませんぜ。肚ん中では、伊丹家を救ってやりてえってのが見え見えですぜ。昔、お殿様に助けられた義理も絡んでいるでしょうしね」

長盛と鶴松との出会いは、語りの中に含ませていた。

「俺が、あんな地獄の生活から抜け出せたのは、殿様と鶴丸のおかげだ。無下には断れねえ、板挟みになっちまった」

「だったらおやんなさいな。あっしだって男ですぜ、こんな時に力を貸せねえでどうしやす？　それとだ、親分。あんたは、こんなところで収まっている男じゃねえ。もっとでかいことをしでかすはずだ。やくざの親分なんて、どんなに子分が大勢いようが高が知れてる。世の中を動かすなんてことは、出来るはずもねえ」

「世の中を動かす……か」

「ええ。どうせなら、表の舞台に立って世の中を掻き回してみちゃどうです？　あっしらも、およばずながら縁の下の力になりやすぜ」

「……縁の下か」

峰吉が、鶴松の背中を押した。

「ありがとうよ、代貸。これで、踏ん切りがついた」

「そうこなくっちゃ。今夜は、ちょっと一杯やりやすかい？」

峰吉が、盃を呷る仕草をした。

翌朝も同じ刻に、高川と片岡がやって来た。言葉は無く、ただ黙って戸口の三和土に土下座する。

「そんなとこに座ってねえで、上がっておくんなせえ」

鶴松が、直に相対している。

「ここでよい……いや、いいです」

何事があったかと、子分たちが集まり取り巻いていている。

「おい、おめえらは奥にすっこんでろ。代貸だけはいてくれ」

間口三間の広い戸口に、代貸の峰吉以外子分たちは一人もいなくなった。

「言っとくけど、俺は殿様らしいことは何もできねえぜ」

三国志にある諸葛亮の三顧の礼に肖り、鶴松は肚を据えた。

「えっ、それじゃ……」

鶴松の言葉を、高川は承諾と取った。

「もっ、もちろん政一切は身共の方でやりまする」

片岡が、土間に額を埋めて言う。

「いや、こいつは遊びじゃねえ。どうせやるなら、動かすぜ」

「何をです?」

土間から頭を持ち上げて、片岡が訊いた。

「何をって、世の中に決まってるじゃねえか」

「外様の、一万石の大名に何ができます？　大人しくしてればよろしいです」

片岡が、呆れ返る口調で言った。

「だったら、俺はやらねえ。この話は、お終えだ。代貸、こいつらは俺を莫迦にしてるぜ。そんだったら奥で、高市の仕切りでも決めるとするかい」

「へい……」

鶴松が峰吉を従え奥に入っていこうとする。

「ちょっと、お待ちくだされ」

引き止めたのは、高川であった。

「思う存分にやってくだされ。手前は鶴松様に、端から賭けています。ええ、あなた様なら、何かやるんではないかと。この片岡の言うことは、気になさらないでくだされ」

「身共が悪うございました」

片岡は、土間に穴が空くほど額を押し付けた。

「もう、頭を上げてくださいな。俺だけがやる気になっても、独りじゃ何もできねえ。そんなんで俺は、猪鹿一家の力も使うつもりだ。こうとなれば、大名家もやくざも一緒くただ。松越藩伊丹一家の、大親分になってやる」

諸肌を脱いで啖呵を放つ鶴松の背中には、観世音菩薩の彫り物が描かれている。垢が積もったものではない。名うての彫師に描かせたものである。

「代貸、そういうこったな」

「親分も、大変なことを引き受けやしたねえ。あっしらも助に立ちやすから思う存分やっておくんなせえ」

峰吉の同意も得ている。昨夜は呑みながら遅くまで語り合ったか、二人の目が赤くなっている。高川と片岡の顔は、三和土の泥で真っ黒に汚れている。

第二章　泥饅頭を食え

一

松越藩一万石伊丹家十二代目当主と博徒猪鹿一家の貸元という、二足の草鞋を履くことになった。だが、幕府の認可が下りるまでは、世継ぎと決まったわけではない。何せ、鶴丸の成り代わりなのである。

やきもきするのは、これを知っている重鎮三人である。当の鶴松は、そんなことは気にする風も無い。一段高い御座でもって胡坐を組んで、饅頭を頬張っている。

「やっぱり、墓のお供えの饅頭とは違うな」

鶴松の軽口も、重鎮たちの気持ちをさらに重くする。この日は幕府の使番が来て、伊丹家継承の認可と引継ぎの儀式を執り行う。伊丹家にとって、最重要な日なのである。

若年寄支配下であるが、将軍家斉の代役としての来訪である。裃同色の正装で現れた幕府の使者は上座の御座に鎮座し、一段下で平伏する鶴松と向かい合った。

幕府の使者が、紙片を検めている。慎重にして間が長い。ときどき首を傾げる仕草に、居並ぶ重鎮たちの額には脂汗が浮かぶ。平然としているのは、鶴松だけ。駄目と言われたら、大人しく引き下がるだけだと。むしろその方がありがたい。殿様には成り損ねるが、そうなれば所詮それだけの器だと、鶴松は自ら心得ている。

使番が上座に座り、鶴松が下座で向き合う。

「鶴丸……とやら」

すぐに、鶴松からの返事は無い。

「いかがされたかな?」

鶴松の返事が無かったのは、鶴丸と呼ばれたからだ。背後から、家老高川のコホンと一つ咳払いが聞こえ、鶴松はそこで気づいた。

「なんでございましょうか？」

ぎこちない殿様言葉で応対するも、鶴松は使番に鋭い眼光を飛ばした。やくざとしての威厳を放つ。

「いや、なんでもござらぬ」

見据えられた幕府の使者の方が、引きを見せた。質疑も無く、二人の応答はこれだけであった。

「第十二代伊丹家御当主……」と言って使者は席替りを求めた。上座下座を入れ替わり、使者が鶴松に向けて平伏する。大名として、認可されたのである。

ここまでくれば、もう憂いは無い。家臣重鎮たちも、鶴松に向けて平伏する。鶴松を崇め奉るための平伏である。面持ちや所作からして、これまでとはまったく違う雰囲気をかもし出している。

晴れて江戸幕府の承認が得られ、鶴松に従五位下の官位が被せられ第十二代伊丹家当主『伊丹備後守長宗』と、立派な名が付けられた。だが、長宗という名に鶴松は馴染(なじ)むことはなかった。表向きのためだけに、その名を覚えただけである。

「この先、長宗とは絶対に呼ばないでくれ」

重鎮たちに命ずるも、もとより君主を諱(いみな)では呼ばない。礼を失するからだ。だが、鶴松というのも抵抗がある。本来ならば、鶴丸が幼名なのである。成り代わりが露見してしまう。そして、鶴松の本性を知るのは伊丹家重鎮江戸家老高川と留守居役の片岡、それと番頭兼勘定奉行の山田だけである。この先、絶対に『鶴松』とは口に出さないよう心がけるが、鶴松自身はいつまでも鶴松の名を捨てきれずにいる。

江戸に常駐する家臣たちは、鶴松が猪鹿一家の貸元であることは知っている。だが、名を鶴丸と思い込んでいる。なので、会話の中ではいろいろな名が飛び交う。『鶴丸』『備後守』『伊丹長宗』……だが、鶴松と口に出して呼ぶ者は誰もいない。

鶴松の伊丹家継承は、出羽国松越藩の国元にも報(しら)せが届き、城代家老の永瀬勘(ながせかん)太夫(だゆう)から家臣全員にもたらされた。世継ぎ継承のもたつきは、国元でも大きな問題として囁かれていたのだ。だがここに、無事にお家の継承がなされたとあって城内は歓喜に沸くも、その喜びも束の間に消える。

「――先代の殿には世継ぎが無いと聞いておりましたが、見つかったのでありますな？」

城代番頭の三上友輔が、家老の永瀬に問う。

「どのようなお方でござりまするか？」

「わしも会ったことが無いので分からんが、なんだか博奕打ちの親分だそうだ」

「博奕打ち……？」

「平たく言えば、やくざだ。この城下にもおるだろうよ、鼻の頭を真っ赤にして、弱い者虐めをしている赤蔵ってのが」

「ええ、困った奴で……」

「まあ、あんな輩みたいな者であろう」

「それにしても、何故にそんな者が伊丹家の跡継ぎに……？」

「先代の殿の、隠し子とあれば仕方あるまい。江戸家老の高川殿の書簡には、そんなことが書かれておった」

跡目(あとめ)相続問題の後は、やくざの親分が君主になる。そんな思いが、国元の家臣たちの憂いを誘っていた。

「無頼の分際で、藩の難局が乗り切れるのか?」

伊丹家は、慢性的な財政難に陥っている。肥沃(ひよく)な土地はほんのわずかで、そこでは藩の主要産物として酒造りに欠かせない、酒米の生産がなされていた。『松越米』という銘柄で、陸奥(みちのく)から北陸にかけての酒蔵に卸(おろ)されている。

領土の八割は山林で覆(おお)われ、ほかに特に特産品は無い。

「……こんな藩の殿様になったところで、つまらんだろうにのう」

城代家老の永瀬から、自虐的な呟(つぶや)きが漏れた。

「まったくもって、然(しか)りでござる」

国元の重鎮たちも、伊丹家の行く末には諦めともつかぬため息を漏らす。そんな国元に数日後、大事変が起こることを誰もまだ予想できる者はいない。

金糸銀糸で織られた絢爛(けんらん)な着物を着て、腰元をはべらし美味(うま)い物を食い、鶴松が殿様気分でいられたのはたったの三日であった。重鎮たちも、束の間の休息を許した。

宿無しは、四日経ったら足を抜け出せなくなった。

「……殿様はどうだろうな？」

鶴松が自問をする。俺はでかくなってやると豪語するが、実際にぬるま湯に浸かってみるとそれも悪くない。このままの生活が続けば良いと、思った矢先の四日目の朝。

「殿、これにお着替えくだされ」

鶴松の前に差し出されたのは、将軍謁見の際に纏う官位五位の正装である。衣冠束帯にて将軍初目どおりが、鶴松の大名としての初仕事となる。それを三日後に控え、この日は着付け合わせである。今までは、褌一丁の上に袷の着流しで通してきた。たまに紋付袴で、祝い事や弔問の席に出るが、衣冠束帯に比べたら寝巻きのようなものである。

頭に烏帽子を被せ、直垂に長袢で裾を引き摺る。粗相なきよう、歩き方からの稽古となった。

「面倒くせえもんだな」

これまで蟹股で闊歩してきた者にとって、長裃は歩き辛い。いく度となくつまずき前のめりに転ぶと、腰元たちから嘲笑された。

「俺はこんなことをやりに、殿様になったんじゃねえ」

だが将軍謁見は避けては通れない、大名家継承の申し渡しの儀式である。ここさえ通り越せば、あとは月に二度の月次登城である。それは、末席の更に端っこにて平伏しているだけでよい。それが、一万石の大名に課せられた儀式行事である。いずれにせよ、当日恥を掻かないよう鶴松は躾けられる。

特訓の甲斐があって、どうにか足が長袴に絡みつかないよう歩くことができる。

「殿、お上手になりましたな」

家臣から、歩き方を褒められても嬉しくはない。むしろ、莫迦にされていると鶴松の顔が歪みを持った。


千代田城、初登城の日となった。

十把一絡げの、従五位下である外様大名の詰め所は『柳の間』である。衣冠束帯で身を包んだ鶴松は、部屋の隅っこで胡坐を掻いた。

座ると同時に、近づいて来た男がいる。鶴松が着る衣冠束帯とは違い、通常の月次登城で従五位下の小大名が着る、大紋に身を包んでいる。

「初の御登城のようだな」

顔は笑っているが、目は笑っていない。相手にするのは面倒だと、鶴松は言葉を発せず会釈（えしゃく）だけで済ませた。

「初のお目見えで恐縮するが、これに名を書いてくれぬか？」

いきなり小大名は、書付けを差し出し鶴松に署名を求めた。訳の分からぬ署名に気が乗らなかったこともあるが、名を記すのに他に大きな理由があった。『伊丹備後守長宗』と、字が書けない。どうでもよい名だと、そのへんの修業を怠（おこた）っていた。

「いや……」

一言発し、頭（かぶり）を振って断る。

「怪しい署名ではない。花見会の名簿作りだ」

それでも鶴松は首を振った。その大名が、最初から気に入らない。命令するような口調と、先輩面した不快な顔が鶴松の気持ちを逆撫（さかな）でした。そして、やくざ特有の睨みを向けると、小大名はすごすごと引き下がっていった。

「……意外とだらしねえ大名だな」

鶴松が、吐き捨てるような呟きを漏らした。

そして、柳の間の詰め所で更に一刻半ほどが経った。

「……いつまで待たせやがる」

その後、誰も鶴松に話しかける者はいない。鶴松にとって、それがうっとうしくなくてよかった。更に半刻が経ち、これ以上待たされるなら帰ってしまおうと思った矢先であった。

「伊丹備後守さま……」

大名の世話をする茶坊主の、柳の間全体に行き渡る声音であった。

呼ばれても、鶴松は気づいていない。というより、自分の本名を失念していた。

「伊丹備後守長宗さま……おられませぬか？」

諱まで口にされるも、鶴松と呼ばれるまで立ち上がりそうもない。いつまで待たせやがると、鶴松は欠伸を堪えている。

「備後守って、そなた様では……？」

脇にいた大名が、鶴松に声をかけた。将軍直々の目どおりなので、一人だけ身につける装束が違っている。

「伊丹備後……」

三度目の呼びかけで、鶴松は立ち上がった。

「なんでござるかの？」

「上様とのお目通りでござりまする」

二刻待たされ、ようやくお呼びがかかった。気が長くなったものだと、鶴松は自分を褒めた。

茶坊主の後に従い、謁見の御座である白書院に向かう。途中、元禄の世に刃傷沙汰があった松の大廊下を歩いているところで、反対側から歩いて来た大名が、鶴松とすれ違いざま長袴の裾を踏んだ。鶴松はたまらず、松の廊下の真ん中で前のめりとなった。転んだ拍子に相手の顔を見やった。すると、最前鶴松に署名を求めた大名であった。明らかに、故意であるのが分かる。ほくそ笑む顔に鶴松は怒りを覚えるも、刃傷松の廊下の再現はまずいと、その場は堪えた。

鶴松は、何気ない顔をして立ち上がる。そして再び歩き出すと、背中に「くくくっ」と、くすんだ笑い声が聞こえた。

「今すれ違ったお方は……?」

鶴松は茶坊主に近づき、そっと訊(き)いた。

「信濃(しなの)は飯岡(いいおか)藩のお殿様でござります」

「……信濃飯岡藩」

鶴松は、聞こえぬほどの小声で呟き、頭の中に納めた。

白書院で将軍家斉と鶴松は、六間の間を空けて向かい合った。鶴松はずっと拝伏し、将軍は黙って最上段から下段の鶴松を見下ろすだけである。鶴松の方は、将軍の顔を見てはならないときつく戒(いまし)められている。

鶴松の前に、太刀目録が置かれている。

中段の御座に座る老中が、おもむろに声を放つ。

「従五位下備後守への、上様からの賜(たまわ)り物である」

賜り物を受け取り、これで鶴松は大名として正式に承認されたのである。二刻待たされ、将軍との謁見は煙草一服するほどの間であった。もっとも、鶴松は将軍家斉の顔を拝んではいない。

「……外様一万石の大名なんて、虫けらみたいなものなんだな」

鶴松がこの時抱いた、下級大名に対する印象であった。

二

将軍家斉から貰った土産の目録を手にして、鶴松が築地の上屋敷に戻ったのは夕七ツを報せる鐘が鳴る少し前であった。

主殿の玄関口で、六人の陸尺に担がせた打揚腰網代の乗り物を降りると高川、片岡、山田の三人の重鎮が出迎える。初めての登城が心配で、一刻も早く将軍謁見の首尾を知りたいと玄関口に集まったものと、鶴松は解釈をした。それにしては三人揃って苦虫を噛み潰したような、苦渋の表情を浮かべている。

「殿、お待ちいたしておりました」

高川の声がくぐもっている。ご苦労さまとの労いはない。

「何かあったのかい？」

「中でお話しいたしまする」

四半刻ばかりをかけ、鶴松は着替えを済ますと、御座の間で三人の重鎮と向き合った。大島紬の小袖を博多献上の帯で留めただけの着流しである。衣冠束帯は着ていて暑かったと、扇子で顔に風を送り鶴松は上段で胡坐を掻いた。

「どうかしたかい？」

三人の重鎮たちの尋常でない様子に、鶴松は一刻も早く知りたく、着替えも簡単に済ませたのである。座ると同時に、早速訊いた。

「はっ、国元で大変な事が……」

「てえへんな事……いってえどうした？」

「季節外れの豪雨が襲い、領内を流れる最上川が氾濫したとの報せが、ただ今届きました」

高川が、一気に告げた。

「それで、どうなったい？」

「報せはそれだけでして、詳しくはまだ……」

順次早馬での報せが届くだろうと、高川の説明はそれだけであった。状況を詳しく知りたいが、いかんせん出羽の国は江戸からは遠い。早馬でも、二日以上はかかるであろう。

「すると、川が氾濫したのは一昨々日ということになるな」

だが、それがどの程度の被害をもたらしたかまでは想像し難い。鶴松は、数日前に伊丹家を継いだばかりで、その認可がこの日将軍から下されたばかりである。むろん、出羽の国がどこにあるかも知らないし、国元の景色など見たこともない。最上川の川幅すら、知識の中にない。

「普段は大人しい川なのですが……」

山田が語るも、堤防は決壊したのである。普段は大人しい川でも、水嵩が増して濁流になると、打って変わって暴れ川になるのはよく知られる話だ。江戸の北側を流れる荒川は、千住の先を直角に折れ隅田川となる。その荒川も、赤羽岩淵から千住にかけてよく氾濫を起こした。その度に、土手が盛り上げられ、護岸工事が施されている。

「またまた金がかかるの」

高川の憂いはそこにあった。壊れた堤防の修復に、相当な工事費を要する。その決壊の規模が、まだ江戸には届いていない。

　それから二刻後、報せの第二便が届いた。使者が御座の間に導かれ、鶴松が直接応対した。途中休みも取らずに、ずっと馬に乗っていたのであろう。歩きが蟹股になりぎこちない。野袴も、股のあたりが鞍と擦れて黒ずみ光沢を帯びている。

「城代家老様から……」

　使者は懐から、城代家老永瀬勘太夫からの書状を取り出した。

「ご家老、読んでくれ」

　書状は鶴松に差し出されたが、仮名は読めるが難しい字が苦手だ。十五から十八までの、ものを学ぶ大事な時期を寺の縁の下で暮らしてきたのだ。

　書状が高川に手渡され、封を開いた。書簡を開くと畳まで垂れ、かなりの長文である。文を要約すると、こうだ。

『三日三晩の長雨で、最上川の土手が一町に亘り決壊。濁流が、田に植えたばかりの稲を流しほぼ壊滅状態となった。今年の酒米の収穫は無いものと予想される。食物も困窮し、民百姓は飢えに苦しみ餓死者も多数出ている。江戸藩邸の救援を待つ』

　顔を青ざめさせながら、家老の高川は書簡を読み切った。就任間もない鶴松に、のっけから難題がもたらされた。

「いかがなされましょうや？」

重鎮が、鶴松の指示を仰ぐ。鶴松としては、藩の財政も台所事情もまったく知らされていない。これから、みな学ぶところである。その前に難儀がもたらされたのである。

「なっちまった事は仕方ねえ。さて、どうやってこれから対処するかだ」

鶴松は、自分なりに考えた。それを、重鎮を前に口にする。

「江戸にいる家臣を全員、ここに集めてくれ」

上屋敷の門長屋の中だけでも、江戸詰の家臣は三百人はいる。それが毎日何をしているかというと、勤務はおよそ月の内の十日ばかり。非番の日は何をすることも無く、ただ日がな一日を退屈に暮らしている。暇を潰すために、外出しては芝居見物や郭遊び、そしてほとんどが外食で済ませている。伊丹家の門限は、宵の五ツである。今どき半分以上の家臣は、外出していて屋敷にはいない。

「しょうがねえな、こんな肝心なときに」

憤りが、鶴松の口から漏れる。だが、居ないものは仕方が無い。それでも、百人ほどが御座の間に集まった。

「金はいくらある？」

鶴松が、勘定奉行の山田に問うた。

「三千両ほど……」

「それっぽっちか」

「はっ、財政が逼迫(ひっぱく)しておるものでして。今、使えるのは……」

「その金を、全部国元に送ってやってくれ。とりあえず、その金で土手を修復しろと。それと、暇な奴らを集めて国元に米を運んでやってくれ。江戸藩邸にある、ありったけの米をな」

「それを持っていかれますと、江戸にいる者の食い扶持(ぶち)が……」

「何を言ってやがる、山田。だから、いつまで経っても貧乏藩だってんだ。食い物なんて、墓場にいくらでもあらあ。いざとなったら、そいつを食えばいい。犬猫に断ってな」

「殿、いくらなんでもそれは……」

重鎮三人が、首を振る。

「人間、行き詰った時に何ができるかだ。それこそ、墓場の泥饅頭を食えるぐれえ惨めにならねえと、いざってときに生きちゃいけねえ。甘えている暇はねえんだ」

鶴松が、精神論を打った。

自分の対処がこれで良いのか、鶴松には分からない。ただ、本能がそう言わせた。

第二の使者を一晩休ませ、夜の空け切らぬうちに鶴松の伝言を城代家老宛に持たせて帰した。

鶴松の言葉を、家老の高川がそのまま書き取った。とにかく、領民と子供には腹一杯めしを食わせ、土手と田んぼの修復を真っ先に行うこと。食うものが足りなければ、家臣はひたすら我慢すること。五、六日後には江戸の米を届けるから、それまで堪え忍べ。人間、十日食わなくても死なないから安心せよ。

自分の実体験を踏まえ、書簡には励ましの言葉も添えた。

鶴松の口述を書き取りながら、高川は鶴松の人間性に惹かれていく。

「……拙者の見込んだ男に間違いはない」

高川の呟きは、鶴松には届いていない。

鶴松は昨夜の内に、番頭で勘定奉行の山田に注文を出していた。

「筆の立つ者はいねえか？」

「いく人でもおります。何をなさるので？」

「運ぶ米に、幟を立てるんだ。裁縫のできる者たちに、幟旗を作らせろ」

鶴松の命令が飛んでいた。早朝までに、真っ白な晒布で幟旗が、数十本作られた。

『松越藩水害救助米』『強奪する者　死の報い有』『緊急事態発生』『出羽松越藩大苦境也』などなど。

「難しい字ばかりだな。みんなこれが読めるか？」

「読めなくても、大変な状況であるというのは伝わるでしょう」

「まあ、考えてる暇はねえからこれで行こうぜ」

その日の昼までに米俵百俵、塩二百貫、そして三千両が入った箱が、十台の、あおりのついた荷車に積まれ、それぞれに幟旗が立てられた。荷車一台に、五人で取りかかる。二人が牽いて、三人が押すと速度が増す。健脚と力自慢五十人が家臣の中から選ばれた。

一行が出立したのは、正午少し前であった。

「あれだけじゃ、足りねえな」

領内全ての民の腹を満たすには、まだまだ何か足りない。そう思った鶴松は、自分が国元に赴くことにした。

「殿自らが……！」

驚いたのは、重鎮の三人である。

「殿が行って、何をなさりまする？」

「そんな問答している暇はねえ。すぐに旅支度だ」

だが、参勤交代で江戸詰となった大名は、幕府に事情を届け許しを得ない限り、勝手に国元には戻れない。返事を待っていたら四、五日は掛かってしまう。

「幕府には黙って行く」

鶴松には、まだ大事な一件が有ることを知らない。それは数日後に、幕府の使者が来て、将軍との謁見でもたらされた目録の品を受け取ることになっている。一言直々の礼を返すので、代わりの者では務まらない。

「殿がおりませんと……」

「まずいことになりまする」

高川の憂いに、江戸留守居役の片岡が言葉を乗せた。

「だったら、いいことがある。猪鹿一家の三下にな、俺とそっくりな野郎がいる。三太郎（さんたろう）といってな、そいつを御座に座らせておけばいい。黙ってたら、俺と見分けがつかねえほどよく似てる。誰か、猪鹿一家に行って、三太郎を呼んできてくれ」

躊躇（ためら）いから、誰も腰を上げようとしない。

「時がねえんだ。早くしろい！」

鶴松の、屋敷中に行き渡るほどの大音声（だいおんじょう）であった。何事があったかと、数人の家臣が飛び込んできた。その中に、徒組に属す横内の顔が見えた。『つるま』を捜しているときに、鶴松をみつけてきた家臣である。

「横内、すぐに猪鹿一家に行って、三太郎という男を連れて来い」

直属の上司である山田からの命令が、横内に飛んだ。

「ついでに、三度笠と縞の合羽……旅支度の一式を持ってきてくれ」

これは、鶴松からの命であった。

「渡世人の形で行かれるのですか？」

「ああ、どこが悪い？」

片岡の問いに、鶴松が訝しがった。

「道中手形を持たずにその形ですと、無宿人として関所で捕まってしまいますぞ。しかも、殿はお忍びで江戸を出るのでござりまする」

伊丹長宗の名では、関所を通ることができない。何か良い知恵はないかと考えているところで、鶴松は一人の家臣の顔をとらえた。

「あんた、名はなんという？」

「本田作兵衛と申しますだ」

出羽訛りがある。参勤交代で、国元から先代の長盛に随従して来た者である。

「ちょうどいいや。本田作兵衛の名をちょっと貸してくれ」

同じ年頃で、道中鑑札も持っている。国元までの往復を、鶴松は本田作兵衛に成りすますことにした。

そして半刻後、横内が三太郎を連れて戻ってきた。

「おお、よく似ておりまするな」

高川が、三太郎の顔を見て感心している。背丈もほぼ同じで、少し違うといえば頰骨がなく顎が狭いところか。鶴松がちょっとやつれると、こんな顔になりそうだ。

「重鎮の言うことをよく聞いてな、しばらくの間俺に成りすましていてくれ」

「へい」

都合のよいことに、三太郎は口数が少ない。影武者には、もってこいである。

すぐに出かけられるよう、鶴松の旅支度は整っている。野袴を穿き、道中羽織に内飼いを背負い、大小二本は柄袋で覆う。下級武士の、旅のいでたちであった。

鶴松が供を付けずに、単独で出立したのは夕七ツを報せる鐘の音が鳴るころ、先に出立した一行より二刻の遅れであった。

三

一行に追いつこうと、鶴松は八丁堀の桜川から猪牙舟に乗り隅田川を遡った。千住まで行けば追いつけるはずだ。

奥州に向かう道は一本である。千住に着くと鶴松は、幟の立った荷車を探した。するとと北千住の問屋場の前で、それらしき荷が停まっている。問屋場は江戸に出入りする、荷を検める役所である。すったもんだしているのかと、鶴松は怪訝に思ったがそうではなかった。一晩、荷を預かってくれとの交渉をしている最中であった。

「あっ、殿……」

鶴松の顔を知る家臣が驚いている。鶴松は、首を振って知らぬ風を示した。

「そんなご事情があるのなら……」

問屋場の門を潜り、十台の荷車を預けることができた。家臣たちと無事合流ができ、あとは出羽の松越藩に向かってまっしぐらである。

奥州道を福島まで行き、そこから出羽街道に道を取り、米沢(よねざわ)に出て山道を北に進み山形、新庄(しんじょう)を過ぎ羽黒山(はぐろさん)の麓(ふもと)を西に向かう。最上川沿いに歩いていけば、酒田(さかた)の手前に松越藩がある。片道およそ百二十五里の行程である。早馬ならば二、三日で着けるだろうが、荷車に重い荷物とあっては夜通し歩いても、十五里進むのが限界である。しかも、出羽に入ればずっと山道が続く。五、六日で着けるだろうと思っていた鶴松の考えは甘かった。

一行が、松越藩の領内に入ったときは、江戸を出立してから十日が経っていた。幟旗のおかげで、道中賊に襲われることなく、むしろ人の情にも触れ、米が二十俵ほど増えていた。

最上川の氾濫はすでに治まり、通常の穏やかな川の流れであった。

「本当に、災害があったのか?」

田圃(たんぼ)の水も引き、水害があったとは思えないほど穏やかな風景であった。だが、一町に亘り崩壊している土手を見て鶴松は気を引き締めた。再び大雨が降れば、川は氾濫する。あと一月もすれば、梅雨に入る。今は応急の処置で間に合っているが、それまでに土手を完全に修復しなければならない。

松越の城下に入るも、町に活気がない。松越一番の繁華街でも、猫の子一匹姿が見えない。江戸の喧騒とはかけ離れた情景に、鶴松は何をすべきかをまず考えた。すると鶴松の前を、杖をついた老婆が通りかかった。白髪を背中で束ね、目やにでしょぼついた顔を向けている。

「おばば、この町の住人は？」

鶴松が問いかけた。

「おばばじゃねえ、あたしゃまだ三十半ばだ」

それにしては、見た目が大年寄りである。災害の恐怖で、一夜のうちに頭は白髪になり、濁流に流され足を挫いたという。

「そりゃすまなかった。それで、ここの人たちは……？」

「大方、水に流されて死んじまったよ。生きているのは、高台に住んでる者たちだけだ」

話を聞くだけで、惨状が思い知らされる。

「伊丹家の者たちはどうしてる？」

「右往左往して、ただうろたえるばかりで何もしちゃくれねえ。せめて、食う物があればなんとかなるんだろうけどなあ」

「米は、江戸から運んできた。足りるかどうか分からねえけど、すぐに炊き出しにかかる」

そこから二十町ばかりの高台に、伊丹家の居城『松越城』がある。城とはいっても、天守をもたない城である。周囲は濠が巡らされ、それがかろうじて城の体裁を保っていた。

鶴松は正門に立つと、門番に声をかけた。

「家老の永瀬勘太夫に取りついでくれ」

何も手を下していない状況に、鶴松の機嫌が悪い。言葉が居丈高となった。

「誰だ、おまえは」

鶴松は、下級武士の形である。その背後に、四十人からの家臣が並んでいるが前面に出てくる者はいない。みな、旅の疲れを顔面一杯に宿し、精も根も尽き果てへたり込んでいる。

「誰だ、おまえはってか？　俺はだな……」

鶴松と言っても、門番には通じない。「伊丹……」下の名が、失念していて出てこない。面倒臭いと、大声を張り上げる。

「大馬鹿やろー！　見りゃ分かるだろうが。江戸から助にやって来た。早く門を開けて、中に入れさせやがれ！」

鶴松の大音声は、城の門扉を突き破った。何事があったかと、家来が数人脇門を開けて出てきた。

「もしや……江戸から……？　これはご無礼を」

ようやく、鉄扉の正門が開いた。


それからというもの鶴松の号令で、城は路頭に迷う領民たちに開放された。水害で、家と農地を奪われた農民たちもどこからともなく集まってくる。その数、五千人といったところだ。たちまち城内は、民衆で埋め尽くされた。江戸から持ってきた米と備蓄米を合わせても、十日も経たずに底をつきそうだ。

ここを堪え凌がなければ、それこそ全員餓死してしまう。

「……いってえ、何のための殿様なんだ？　この先、俺は何をしたらいい？」

鶴松が、自問自答をする。答が見つからなければ、松越藩は壊滅状態になる。

その寸前であった。殿様としての踏ん張りどころと思ってはいても、良案などすぐに思い浮かぶものではない。むしろ、惨状を目にし自分の無力を思い知らされている。

「何のために、俺はここに来たんだ？」

高台から、作物一つ育たない田畑を見やりながら、鶴松は自分に向けて問いかける。

遠く目の先に、決壊した最上川の堤防が見える。

「あそこだけかい」

幅一町ほどが崩れ、大災害をもたらした。その個所からは、今は一滴たりとも水は流れ出てはいない。

「そうか！」

すると、鶴松の脳裏に、閃くものがあった。

「あの崩れた土手に、落とし前をつけてもらおうか」

鶴松はさっそく城内にいる全員を、一堂に集めさせた。

「女、子供だといって甘えるな。飢え死にするのが嫌だったら、ありったけの力を出せ」

鶴松の大号令は、城内にいる全員に届いた。幸いにも、流されなかった家には農具や穴掘りの道具が揃っている。それを、女子供かまわず手に持たせた。

『――どんなに苦しくたって、必ず解決策は見つかる。諦めずに、考えて考えて考え尽くせ』

三年の間、縁の下で鶴松が学んだ処世訓である。

食料が尽きたら、新たな食料を見つけ出す。これが、鶴松が考えた策であった。

この辺りは最上川の中流にあたる。流れが有り、川幅は広くない。まず、川の水を流すため、崩壊した土手に向けて幅五間ばかりの水路を作った。五千人の人海戦術で掘れば、造作も無い。二日で、水路を作ることができた。そして、堰き止めた川の水を一気に堤防の外の水田へと流し出す。

中流は、川魚の宝庫である。鯉、鮒、鯇、泥鰌、鰻、鮎、鯰、雷魚などなどが生息する。それが大量に、最上川から流れ出てきた。

水田で、銀色の鱗を光らせピチピチと跳ねる魚は手で捕まえることが出来る。

「これだけじゃ、食料として足りねえ」

鶴松は、その先のことを考えていた。

「全部食っちゃいけねえよ」

獲(と)れた魚を、多目的に使う。食料分と廃棄分に分ける。

「なんで、みんなくっちゃいけねえんだ？」

子供の問いに、鶴松は答える。

「みんな食ったら、そこで無くなっちまうだろ。その時はいいけど、後が困ることになるんだ」

分かりやすく諭(さと)すも、子供たちは首を傾けるばかりだ。

「目先しか見てねえと、あんなつまらねえ大人になっちまう」

鶴松は、先を争い焼き魚を頬張る大人たちに目を向け、卑下(ひげ)するように言った。

「それよりもだ、この魚でもって、もっと俺たちの腹が一杯になるようにするんだ」

「どうやって、やるんだ？」

鶴松は、山里の平地に廃棄する魚を、分散して捨てた。生臭い臭いが周囲に漂うと、腹を減らした猪、鹿、月の輪熊などなどの獣たちが次々と里へと出てくる。

空からは、鷲や鷹や隼などの猛禽類が餌を求めて降りてくる。

　生態系の食物連鎖では、人間が頂点に立つ。

「ありがたく、いただこう」

　猟師たちに狩りをさせ、こと食料に関しては一息つくことができた。一息つければ、安心できる。安心できれば体が動く。体が動けば、働ける。働ければ、物が作れる。

　力のある者は土手の修復作業にかかり、農民、女子供は農作物の生産に身を粉にして働く。肥料の甲斐があってか、野菜や果実の育ちが早い。田圃も稲が植え替えられ、収穫の秋を待つことができる。

　領民たちの顔色が良くなったのを見て、鶴松は江戸に戻ることにした。

　旅支度に着替え、二の丸の玄関を出ようとしたところで、家老の永瀬から呼び止められた。

「殿……」

「まだ、何か用かい？」

「大事な話が……」

「なんでい、今さら。草鞋を履く前に、どうして言わねえ?」

草鞋の紐(ひも)を結んだり解いたりするのが、面倒臭い。嫌味を言いながら、鶴松は結び終わった草鞋の紐を解いた。


二の丸の御用部屋で、家老の永瀬と向かい合った。

「殿には黙っておりましたが……」

この一連の働きで、国元の重鎮たちも鶴松のことを認めるようになっていた。

奥歯に物が挟まった永瀬の躊躇(ためら)い口調に、鶴松の、晴れた気分に暗雲が覆う。

「実は……当家には借財がございまして……」

「なんでえ、銭のことか。そりゃ借金ぐれえあるだろうよ。こんな、うす汚ねえ城を見てりゃ、貧乏所帯だってのがよく分かる。そこに持ってきて、今度の災害だろ。さしずめ、泣きっ面に蜂ってところだな」

鶴松の口調は永瀬の気持ちを楽にさせたか、堰(せき)を切ったように語り出す。

「酒田(さかた)湊(みなと)の豪商から金を借りてまして……」

その金額が、一万両を超えているという。

「なんでえ、それっぽっちか」

財が十万とも、二十万両ともいわれる家に育った鶴松にしてみれば、一万両と聞いてもさしたる驚きはない。

「それっぽっちかと言われましても、無いものは無いので有りまして……」

「無いのは分かってるけど、それをどうしろってんで？」

「急に金が入用になったので、すぐにも返してくれと貸主が言ってきまして……」

「弁済の期日はいつになってるんで？」

「とっくに過ぎてまして、期日は一年前……ずっと待ってもらっているものですから強くは言えず」

「そりゃ、ずいぶんとご奇特な貸主だな。分かった、だったら待ちついでにあと三月待ってもらえ。一万両は、俺がなんとかする」

「三月もですか？」

「ああ、三月だ。俺が口にしたんだ、それは約束する。それでも待てねえってのなら、ビタ一文返さないと言ってやれ」

「それで相手が納得するかどうか……」

「納得させせんのが、ご家老さんの仕事だろうに」

「なんと言っていいのやら……」

　はたまたと困り顔の永瀬に向けて、鶴松の一言が飛ぶ。

「松越藩の家臣領民全て、死なすもんなら死なせばいい……って言ってやれ」

「そんなんで、納得するので？」

「ああ、間違いなく納得する。人なんてのは弱いもんでな、後ろめたい気持ちを起こさせれば納得する。なんだかんだ理由を言って説得するより、一言で納得させた方が遥かに利巧ってもんだ」

「かしこまりました。酒田の豪商に当ってみます」

「間違っても、江戸から持ってきた三千両を、借金弁済に回すんじゃねえぞ。あれは、土手の修復に使うために持ってきたんだからな」

「…………」

　しかし、永瀬からの返事は無い。首をうな垂れ、鶴松の話を聞いている。

「まさか……返しちまったのか？」

「ええ、利息だけでもと言い張られて仕方なく」

「仕方なくは、ねえだろうよ。最上川の土手が借金の利息に消えて、どうするんだ、いったい？」

鼻の穴を広げ、呆れ口調で鶴松が詰る。そして、さらに口にする。

「今すぐ行って、返してもらってこい」

「身共がですか？」

「あたりめえだろ、ほかに誰が行くっていうんで」

弁済した金を取り戻すには、どう納得させるか。その答が、永瀬には見つからない。

「あんたも、泥饅頭を食わなきゃ分からねえお人だな」

「泥饅頭って……？」

「どん底に落ちた人間にしか、味わえねえ物だ。ご家老さんも、一度食ってみりゃいいやな」

「……泥饅頭っていったいなんだ？」

呟きながら、家老の永瀬が考える。

「教えてやろうか。それはな、こいつを食ったら自分はお終えだっていう、一線を越えることだ。それはそれは、死にたくなるほど惨めなもんだぜ。そんな思いをしてこそ、ようやく気づくことも有る」

「お若いのに……」

「若いも年寄りもねえ。生きるが故に、どうしても食わなきゃならねえ物だってある。食った者にしか、分からねえ味だ」

「いったい、何を食えばよいのだ？」

独りごちる永瀬に向けて、その答は自分で見つけろと鶴松は突き離す。

「そうだ、一つだけ言っとく。泥饅頭は食ってもいいけど、毒饅頭は食うんじゃねえぞ。それこそお陀仏だ」

また訳の分からんことを言うと、永瀬のすがる目つきに鶴松が言葉を添える。

「あんたの肩には、何千人もの人の命がかかってるんだぜ。そいつを思えば、泥饅頭の一つや二つ、どうってこともねえやな」

二十歳も年上の家老に向け、鶴松が発破をかけた。

「俺は、江戸に戻るぜ。あとは、よろしくな」

鶴松は立ち上がるとそそくさと玄関まで行き、再び草鞋の紐を結んだ。

「泥饅頭、泥饅頭……いったいなんだ？」

見送る永瀬の独り言が、鶴松の背中に聞こえて来る。鶴松は、振り向きもせず松越城をあとにした。

結局鶴松は往復に二十日、国元への滞在に十五日間を要し、一月以上の外出となった。

鶴松が留守の間、江戸藩邸では困ったことが起きていた。

四

鶴松が国元に出かけ、四日ほどして幕府からの使者がやって来た。

以前、伊丹家継承の認可と引継ぎの儀式を執り行う際に来た、使番と同じ人物であった。

その時と同じ御座の間で、使番と向かい合うのは、鶴松に成りすました三太郎である。この日は、最初から上座に座る。その所作は、特訓されているので、見事な立ち振るまいであった。

「備後守様、ずいぶんとご立派になられましたな。まるで、別人のようでござりまする」

鶴松と相対したときは、下品な所作が目立っていた。それは、端(はた)から見てもよく分かった。

「……特訓が過ぎたかな？」

高川の呟きが、それを物語る。

「それと、先日よりもお痩せに……頰のあたりがこけているようにお見受けいたしまする」

使番にしては、口数が多い。

「国元で災害がありましてな、その心労からでござる」

答えたのは、使者の脇に控える高川であった。

「さようでござるか。それは難儀でござりましょうな」

なかなか使者は、用件を切り出さない。将軍からの賜り物を、目録と交換しに来たのだが、最初から使者は手ぶらであった。

「実は、先の謁見の際に渡された目録は、別の大名家に渡される物でして……」

有ってはならぬ、前代未聞の幕府痛恨の間違いであった。

「いくら幕府でも礼を失すると、再度直々に上様との目通りを許されることになりました。その口上を伝えに参ったのでござる」

五日後に、鶴松の帰館は無理であろう。となると、三太郎が赴かなくてはならない。将軍家斉だって、鶴松の顔を覚えているかもしれない。面倒臭いことになったものだと、高川の口から大きなため息が漏れた。

「それにしても、二度も上様に謁見ができるとは、よろしゅうございました」

外様の下級大名を、完全に見下している使番の口調である。

「それと、もう一つ大事な用件がござりました」

「なんでござろう？」

答えるのは全て高川である。上座の三太郎は、ただ黙って前を見やるだけである。

「これはお上からの厳命でござりましてな、伊丹家でも隅田川護岸普請で二万両を供出していただきたいとの仰せです」

ガーンと、高川の頭の中で鐘が打ち鳴る。

「三月以内にご供出されたしとの、ご老中からのお達しでござりまする。それでは、申し渡しは以上でござる。ご無礼仕(つかまつ)りました」

使番は、三太郎に向けて拝すと立ち上がり、御座の間を去っていった。

有無を言わさぬ、幕府の厳命であった。


五日後、三太郎は伊丹備後守長宗となって、千代田城へと赴いた。

先だって鶴松が纏った衣冠束帯を、三太郎は難なく着こなす。

将軍家斉との謁見も、なんの粗相も無くやり終えた。見事な振る舞いと、幕府の重鎮からも賞賛の声が上がった。

この日三太郎が上屋敷に持って帰ったのは目録ではない、将軍から直に授けられた大刀一振りであった。

「——二度も手間を取らせた。特別な計らいぞ」

若年寄の一言が添えられ授けられた大刀は、織田信長の愛刀『圧(へ)し切り長谷(はせ)部(べ)』で知られる、山城国の刀工長谷部国重(くにしげ)作の大刀であった。

「とんでもないものをいただいてきたな」

家老の高川は、その価値を知る。茎の銘を見て、腰を抜かさんばかりに驚いた。

「そんなに凄い物ですかい？」

「ああ、どえらく高価なものだ」

鶴松ではなく、影武者を相手にするので、高川の言葉もぞんざいである。

「いくらぐらいするものですかい？」

「そうだな。金には換えられんが、三千両は下らんな……いや、五千両……想像もつかん」

刀架に置かれた名刀国重を見ながら、高川が呟く。

「……こいつが売れさえしたら。いや、いかん」

首を振って、高川は邪心を堪えた。

今、江戸藩邸の金蔵と米蔵は空っぽである。なけなしの金と米は、国元へと持っていかれた。今は、千両でも二千両でも、喉から手が出るほど欲しい。そこにもってきて、二万両の御手伝普請の強要である。それを、三月以内に用立てなくてはならない。

「……今はそれよりも目先の金だ」

金目の物が、目の前にある。

売れば一時凌ぎになるが、それだけの名刀が世に出れば、出処はどこだとたちまち知られることになる。幕府の咎めは半端では無いだろう。さすれば伊丹家も、一巻の終わりである。

ここにも切羽詰った家老がいた。

「ご家老……」

御座の間に、勘定奉行の山田が入ってきた。

「そろそろ米を買いませんと……」

「分かっておる。だが、買う金がないのだ。勘定奉行として、山田はどうするつもりだ？」

「値の付く物は、全て売り尽くしてしまいましたからな。家宝の伊万里焼の壺などは、足元を見られまして二束三文にしかならず……」

「愚痴は言うな。惨めになるばかりだ……ん、惨め？」

「何か？」

「……泥饅頭を食えってか？」

山田の問いには答えず、高川は以前言っていた鶴松の言葉を思い出した。

「仕方ない、売るか」

独り言のつもりだったが、高川の声は山田と三太郎に届いた。

「売るって、何をです？」

「そこに、架かっている物だ」

高川の視線の先にあるのは、名刀国重である。将軍からの賜り物だ。

「今しがた三太郎が、お城に行って貰(もら)ってきた刀だ」

「なんですって？　いくらなんでもそれは……ばれたら伊丹家は跡形もなく消えますぞ」

「そんなことは分かっておる。だが、このままでは家臣全員が餓死するのだぞ。籠城(ろうじょう)の兵糧(ひょうろう)が尽きたら、戦(いくさ)も終わりだ。それだったら、泥饅頭を食うことにする。本当に惨めで情けないけどな、ここはそうするより打つ手が無いのだ」

家老高川が、一線を越えるという。

「ご家老さん……」

そこに、三太郎が口を挟んだ。

「なんだ、三太郎？」

「こいつを、猪鹿一家に預けちゃくれやせんかね」

三太郎の言うこいつとは、名刀国重である。

「預けてどうする？」

「売っちまうと、いざって時にそれこそ買い戻すのが大変ですぜ。だったら、質屋って手がありまさあ。あの刀を質草にして銭を借りるんでさ」

「質屋に預ける……ってか？　それじゃ、いくらにもならんだろう」

質草の事情に詳しい山田が、三太郎に問うた。

「へえ。たとえ五千両の価値があろうが、質草となりゃ百両でも貸してくれねえ。ですが、こちとらを誰だと思ってやす？　深川じゃ泣く子も黙る猪鹿一家ですぜ。代貸の峰吉兄貴に相談かけたらいかがでやんす？」

その場凌ぎの姑息な手段として、高川は泥饅頭を食うことにした。将軍家斉からの賜り物を質屋に預ける。

「……これ以上の屈辱が、どこにあろうか」

天を仰ぎ、悔し涙が出るのを堪える。武士として、惨めといったらこれ以上の惨めは無い。

「情ないが、ここは猪鹿一家にすがるしかない」

「そうこなくちゃ。いざとなったら、恥ずかしいもみっともないも、言っちゃいられやせんぜ」

三太郎はその場で殿様衣装を脱ぎ捨てると、格子模様の小袖に着替えた。髷を横に傾け、無頼風となった。

高川監物は、生まれて初めて質札というのを手にした。

質草は、利息さえ払っていれば三月は流れることは無い。それまでは、幕府に露見しないということだ。しかも、猪鹿一家の峰吉が中に入ってくれたおかげで、三千両という金が借りられた。

「窮すれば通ずで、なんとかなるものだな」

諦めるのなら泥饅頭を食え。鶴松が言ってることが家老の高川にも、おぼろげながら理解ができた。

高川たち重鎮が安堵して、その十日後に鶴松が江戸藩邸へと戻ってきた。

五

伊丹家には、三月後に途轍もない難関が待ち受けている。

三千両借りられたが、根本の解決策ではない。あくまでも、一時凌ぎである。

「……三万両かよ」

鶴松は、留守中の話を高川から聞いてふと漏らした。

「いえ、幕府から仰せつかったのは二万両の御手伝普請であります。それに、質屋への三千両が……都合二万三千……」

「いや、それだけじゃねえ。国元でも借金を拵えてやがってな」

「なんと、いくらぐらい?」

「一万両ってところだ。それを、三月で返すと俺は約束しちまった」

「全て合わせて、三万と三千両……」

「いや、それどころではねえ。そこに、利息ってのが付くだろう。それと、毎日の凌ぎと家臣たちの扶持米を用意しなくてはならねえ。なんだかんだ、五万両近くは見といたほうがいいな」

「たった三月で五万両……！」

高川が驚くのも無理は無い。将軍からの賜り物を質に預けたぐらいだ。まったくの無から、どうやって五万両を作り出すのか。

「殿は、いかがなされまする？」

鶴松の顔を拝むも、いつもと変わらぬ表情だ。

「いかがなさるかって、あたふたしてもしょうがねえだろ。出来ねえものは出来ねえしな」

「いやに落ち着いておられますな」

「そういうご家老だって、以前みてえに慌てふためいたりしてねえじゃねえか。泥饅頭でも食って、少しは落ち着いたか？」

鶴松は、家老の高川が将軍拝領の刀を質草にして、金を作ったことは知っている。その報告を受けた時、鶴松はこう言った。

「――刀が何千両、何万両するもんでも、所詮は血を流す道具でしかねえ。そんなもんを見て喜んでるのは、本当の金の有り難味を知らねえ奴らだ。質屋なんかに預けねえで、売っぱらっちまってよかったのに」

鶴松の、その言葉で高川たちはどれだけ救われたか。場合によっては、腹を斬ることさえ辞さないと考えていたのだ。

「そうは申しましても、泥饅頭は二度と食いたくありませんな」

「いや、ご家老。あと二、三個は食わなきゃいけなくなるかもしれねえ」

鶴松の顔に、不敵な笑いが浮かぶ。

「殿は、何をお考えで？」

「いいことを思いついた。これがうまく行けば、五万両なんて屁みてえなもんだ。いや、十万両も不可能じゃねえ」

「何をなさるので？」

「何をするかはこれから考える。ただ、この間俺が言ったことをご家老は覚えているか？」

「はて、どんなことでしょう？」

「刀なんか眺めて喜んでる奴は……」

「本当の金の有り難味を知らない奴らだとかなんとか、おっしゃってましたな」

「ああ、それで思いついた。早速、取りかかるぜ」

鶴松の動きは早い。高川は理解ができず、腰を上げることができないでいる。

「刀や骨董(こっとう)を見て喜んでいる奴らから金を頂戴するのよ。これから俺が絵を画(か)くから、ご家老たち家臣は心してかかってくれ。伊丹家みんなして、泥饅頭を食らうのよ」

「かしこまりました」

何をやるかも知らず、高川は鶴松に向けて平伏する。

「殿のなさることに、身共らは付いていくだけです」

「そう言ってくれて、ありがてえぜ。俺が何をやろうが、絶対に文句を言わねえな？」

「文句を言うどころか、何をなさるのかむしろワクワクしておりまする」

「だったらいい。これ以上悪いことにはならねえだろうから、心配だけはすんな。ご家老たち重鎮は、上手く家臣たちを取りまとめてくれ」

「はっ、かしこまりました」

「ところで、質屋から借りた金はいくら残ってる?」

「五百両ほど使いましたので……」

「よし分かった。これから刀を質屋から請け出す。誰か、俺と一緒に来てくれ。しばらく留守にするから、俺の代わりは三太郎に任す」

鶴松は立ち上がると、無頼の衣装に着替えた。背中に彫られた観音様に、紬織りの小袖を被せる。

家来二人に二千五百両を載せた大八車を牽かせ、鶴松が向かったのは深川黒江町の猪鹿一家であった。


殿様から猪鹿一家の貸元へと戻る。

およそ、一月半ほどでの帰館であった。

「すまなかったな、代貸」

「いや。親分こそ、伊丹家では相当な働きをしたと聞いてやす」

「それでな、もっと難儀なことが持ち上がった。そんなんで、猪鹿一家と松越藩伊丹家を合体させる」

「なんですって!?」

鶴松のいきなりの切り出しに、峰吉が驚いたのは無理も無い。博徒一家と大名家を一緒にしようというのだ。

「ああ。両方の力を合わせなけりゃ、この難局は乗り切れねえ。どうか、力を貸してくれ」

「もとより親分がやることだ。やれって言われれば、俺たちゃどこまでも付いていきやすぜ」

峰吉の表情に訝しさは消えている。むしろ、活き活きとした眼を向けている。

「……ご家老と、同じような眼をしてやがる」

聞こえぬほどの、鶴松の呟きであった。

「何かおっしゃいましたかい?」

「いや、なんでもねえ。それでだ代貸、これから質屋に行って刀を出してくる。五百両と利息分が足りねえんで、用立ててくれねえかな」

「ようござんすとも」

つべこべ言わない。峰吉は立ち上がると、子分に金の用意をさせた。煙草を一服つけている間に、金は用意された。

鶴松自ら質屋に出向き、長谷部国重作の刀を請け出す。

「こいつを、売ってくる」

鶴松が刀を持って向かった先は、日本橋十軒店にある油商の大徳屋であった。

十五歳で家を飛び出したので、およそ十年ぶりの実家であった。

「大旦那はいるかい？」

縁が切れているので、お父っつぁんとは言わない。奉公人の中に顔見知りがいて、すぐに治兵衛に取り次がれた。

「二度と敷居を跨(また)ぐつもりはなかったんですが、そんなつまらねえ意地を張っててもしょうがないもんで」

「まあ、元気でやってるようなので安心した。それで、今日は何の用だ？」

「こいつを買ってもらいたいんで。他所(よそ)に売ろうと思いましたが、なんせ時が無いものですから」

言って鶴松は、刀袋ごと治兵衛の膝元に差し出した。

「刀か……」

言って治兵衛は刀袋の紐を解いた。

「これは……！」

商人であるが、治兵衛は宝物の鑑定はできる。とくに刀に目が無いのを、鶴松は昔から知っている。

「長谷部国重……」

刀の刃文を見ただけで、誰の作かが分かる。

「どこから手に入れた？」

「貰ったものです。怪しい物じゃありません」

「どこから手に入れたと訊いている」

国重の物打ち一点を見つめて治兵衛が訊く。

「将軍からの賜り物です」

「将軍て、家斉公か？」

「ええ、そうです。実は俺は今、大名なんですぜ」

「なんだと！　なんだか、頭がクラクラしてきたな」

体を揺らしながら、治兵衛は両手で頭を抱えている。

「大名とはいっても、一万石の貧乏大名家でして。松越藩って、大旦那はご存じで?」

「ああ、聞いたことがある。たしか、出羽の方の……」

「ええ。今じゃ、そこの殿様ってことです」

「詳しく話を聞かせてくれ」

気持ちを落ち着かすように、治兵衛は首を振りながら言った。

「話を聞く暇はありますか?」

「ああ。ほかの用事を蹴っても、おまえの話を聞く」

鶴松は、十年前にこの屋敷を出たときからの経緯を、四半刻ほどかけて語った。

「三年もの間、寺の縁の下で暮らしたのか?」

「ええ。おかげさまで、いろいろなことを学びました」

「それで、やくざの親分から伊丹家の殿様……呆れ返って何も言えんな」

「まあ、そんなことはどうでもいいことでして……それで、こいつを買ってくれますんで?」

「いくらで売りたい？」

「百万両……」

「上方の鴻池だって、そんなに財はないぞ」

「そいつは冗談で……」

「だったらどうだ、五千両では？」

治兵衛の言い値を聞いて、鶴松は刀を持って立ち上がった。

「他を当らせていただきます」

「ちょっと、待て」

部屋から出て行こうとするのを、治兵衛が止めた。

「まだ、何かありますので？」

話は決裂と、鶴松は突っぱねる。

「七千両……」

「大旦那ともあろうお方が、ずいぶんとちまちました値の上げ方をしますね」

鶴松の口調に、皮肉がこもっている。

「伊丹家は、一つ間違えれば跡形もなく無くなるんですぜ。随分と安く見積もられたものですな」

江戸の豪商相手に、鶴松は一歩も引かない。豪商と大名の駆け引きは、治兵衛の次の言い値で片が付く。

「よし分かった。だったら、五万両で買おうではないか。それ以上は、ビタ一文出さん」

五万両と聞いて、鶴松の顔が綻んだ。五万両あれば、事は一気に解決である。

「いや……」

だが、鶴松は言い値の五万両を、首を振って蹴った。

「まだ足りんのか？」

「いえ、そんなにはいりません。でしたら、一万両で結構です」

「なんだと？　人がせっかく五万両出すというのに……おかしな奴だな」

「別に、おかしくもなんともありません」

鶴松が、その理由を説く。

「五万両あれば事は足ります。ですが足りちまったら、金は右から左に動くだけで、その先は何もねえ。人は働かなくなる。だが、足りなければ踏ん張らなくちゃなりません。その踏ん張りが大事でして、場合によっちゃ十万両にも二十万両にも……こいつは、とんだ釈迦に説法でした」

治兵衛が薄笑いを浮かべて聞いている。それに気づいた鶴松は、途中で言葉を止めた。

「一万両を元手に、何かやろうってのか。さすれば十万、二十万両とな……わしは今、つくづく後悔をしている」

「何をです？」

「やはり、鶴松を手放すのではなかったとな」

「とんでもねえ……俺は言ったはずですぜ、こんな細かい商いはしたくはねえと」

「そうだったな。ところで、刀を売ったのが幕府にばれたらどうするのだ？」

「そん時はそん時で……そうだ、俺の長脇差でも代わりに返してやりまさあ。二両で買ったもんですがね」

いつの間にか、鶴松の言葉は伝法なものへと変わっている。

六

「やっぱり、ここが一番落ち着く」

鶴松は、猪鹿一家に戻ると自分の居間でゴロリと横になった。頭の中は、一万両を如何（いか）にして増やすかで一杯だ。

「大金持ちから、どうやって金を出させるか……だ」

腕枕で天井を見つめ、自問する。将軍家斉からの拝領の刀を一万両で売って、鶴松は何を出しに使おうかと独りごちたところに、何の挨拶もなしにいきなり障子戸が開いた。

「鶴松さん、いる？」

「なんだ、お亮か」

「ご無沙汰なのに、なんだはないでしょ」

口を尖（とが）らせて入ってきたのは、隣の八百屋の娘お亮であった。

「何考えてるの？」

「ああ、ちょっとな」

　お亮の前では、あまりだらしないところを見せられない。鶴松は起き上がると、神棚を背にして長火鉢を前にした。その脇に、お亮が姐さん気取りで座る。鶴松は、それを拒むことはない。

「鶴松さん、お大名になったんだって？」

「ああ」

　煙草を一服つけながらの、生返事である。

「大変でしょ」

　お亮が、ポツリと口にする。

「えっ？」

　お亮の口から、そんな言葉が出るとは思わなかった。大抵の娘なら「凄いわね」とか「かっこいい」とか、羨望の眼で羨む言葉しか出てこない。玉の輿に乗ろうと、必死に近づいてくるのが常道だ。

「なんでお亮は大変だと思う？」

　久しぶりに鶴松は、お亮と向き合った。

「だってそうでしょ。何が大変て、他人の面倒を見るのはそう簡単なことじゃないわ。それも、一人や二人じゃない。ご家来、領民、そしてその家族全員が路頭に迷わないよう、しっかりと背中に背負わなくてはいけないのでしょ。しかも、鶴松さんは猪鹿一家の子分衆二百人も抱えてるし、凄く重そう」

「そうだな」

鶴松は一つ頷くと、五徳に煙管の雁首をぶつけて火玉を飛ばした。

「ところで鶴松さん、今しがた何か言ってなかった？」

「今しがたって……？」

「ごめんなさい。ちょっと、声が聞こえちゃったの。なんだか、お金持ちがどうのこうのって」

怒られるのではないかと、お亮は首を竦めて言った。

「謝ることはねえ。俺の独り言が大きかったのがいけねえんだ」

こういう言い方をするお亮は、何かをもたらす。

「金持ちから、どうやって金を引き出そうかと思ってな」

鶴松は、考えていたことをお亮にぶつけた。

「そん所そこらの金持ちじゃねえ。指折り数えるくれえの、大富豪だ」

「大富豪って、三井(みつい)家とか住友(すみとも)家とか加島屋(かじまや)なんか？」

「ああ、そうだ」

お亮の問いに答えながら、鶴松は一服つけた。紫煙の先に、積み重なった千両箱がおぼろげに浮かぶ。

「そういえば聞いたことがある」

「えっ？」

鶴松は、煙を見つめていた目をお亮に向けた。

「大金持ちの、馬鹿息子ばかりが集まるところ」

「どこだ、そこは？」

「詳しくは知らないけど、娘をはべらせて『奪(ダツ)』って遊びにお金を賭ける……」

「賭けるって、博奕か？」

「お金を賭けるってのは、そういうことよね」

お亮の話を聞きながら、鶴松は煙管の雁首に新しい煙草を詰めた。長火鉢の火種で火を付けようとしたところで、

「ちょっと、吸い過ぎじゃないの?」

お亮の一言で、鶴松は五徳に雁首を当てた。カツンと、一際高い音が部屋に鳴り響く。

「お亮、おかげで絵が画けたぜ」

言って鶴松は、すっくと立ち上がった。そして、部屋を出て行こうとする。

「おまえさん、どこへ?」

すると鶴松は立ち止まり、顔がお亮に向く。

「お亮。おまえさんと呼ぶのは、まだちょっと早いんじゃないの?」

鶴松の顔が、綻んでいる。


代貸の峰吉を呼ぶのではなく、鶴松の方から出向いた。

二十畳ほどの広間で、峰吉が十人ほどの幹部たちと打ち合わせをしている。

「今度の賭場は、ちょっと気をつけろ。どうやら、寺社奉行が目を付けてるようだ」

猪鹿一家の賭場も、寺の庫裏(くり)を利用して開帳している。

「今の老中は、博奕には特にうるせえみてえでな、取締りが一層厳しくなっている。稼ぎをみんな横取りされちまう」

幕府が賭場を取り締まるのは、賭け金を押収するのが目的と誰しもが思っている。一気に潰さないのは、賭場がなくなるとそこからの収入が途絶（とだ）えるからだ。なので、状況に応じて締めたり緩めたりする。

その筋の役人には、大枚を叩（はた）いて鼻薬（はなぐすり）を嗅（か）がせている。そんな裏情報が、峰吉の耳に入るようになっていた。

「だったら、賭場を閉めちまったらどうだ？」

そこに鶴松が、言葉を発しながら入ってきた。

「親分……」

子分たちの顔が、一斉に向いた。

「すまねえな、話し合ってるところ」

「それはいいんですが。今、賭場を閉めちまったらと言わなかったですかい？」

峰吉が問うた。

「ああ、言った。ちょっと、耳に入っちまってな」

「賭場を閉めたら、一家の凌ぎが……」

子分たちの不満そうな顔に、峰吉が話を合わせる。

「そいつは俺だって分かってる。だが、これからは小銭を集めるような博奕は止めだ」

「なんとおっしゃいました？」

鶴松の話に、峰吉が耳をほじくりながら訊いた。

「これから、おめえらが経験したことのねえような、大博奕を仕掛ける」

この場にいる幹部連中のほとんどは、鶴松よりも年上である。おめえら呼ばわりにも、顔を顰める者は誰もいない。むしろ、体を前のめりにさせて話を聞こうとしている。

「そうだ、その前に言っておくが、あの刀を一万両で売ってきた」

刀を売ったことは、まだ峰吉たちには告げてはいなかった。先に絵を画くことを考えてからだと思ったからだ。

「なんですって！　将軍様から貰ったものを、売っちまったんですかい？」

本出方を務める、幹部の一人が驚く口調で訊いた。

「最初から、売るって言ってただろうが」

「聞いてはいましたが、まさかと思いまして……」

「それで、幕府にばれたらどうなさるんで？」

心配事が、幹部たちの口を衝く。

「俺の赤鞘を、代わりに返してやりゃいい」

赤鞘とは、鶴松の長脇差を納めた鞘のことである。治兵衛に言ったことと同じ言葉を返した。並み居る幹部たちを、一言で得心させた。

「その一万両をな、とりあえず十万両に増やそうかと思ってる」

「……十万両。しかも、とりあえずってか」

誰かの口から、呟きが漏れた。

猪鹿一家の定賭場では、せいぜい一晩の稼ぎは四、五百両ってところだ。それでも、博徒の賭場としては大きな上がりである。親分衆を集めての『金張り盆』でも、せいぜい二千両の稼ぎである。

「どうやって、十万両もの金を……？」

「代貸には言ってあったよな」

まだ。

「ええ、聞いてやす。親分は、伊丹家と猪鹿一家を一緒にしようと思っている」

峰吉の話に、幹部たちの口が開いたまま塞がらない。目は一様に、見開いたま

幹部の問いに、鶴松の顔が峰吉に向いた。

「これからは、博徒大名伊丹一家だ。侍はやくざになり、やくざは侍になる。お

めえらみんな、これからは侍だぜ」

鶴松の話は、常識の範囲を逸脱している。すぐには理解できないと、場はざわ

めきをもった。

「俺たちも、腰に二本差し羽織を着て袴を穿くんですかい？」

「格好なんて、どうでもいい。これから俺たちは、身分なんてぶっ飛ぶほどのど

でかいことをやるんだ。どうだ、みんなついて来ることができるか？」

「親分のあとについていけねえと思った者は、出ていってもいい。引き止めはし

ねえ」

鶴松の話に、峰吉が被せた。だが、誰一人立ちあがろうとしない。

「とんでもねえ、出ていくなんて」

猪鹿一家でも、最高幹部たちである。それぞれに、十数人の弟分や三下が付いている。その者たちに言い含め、鶴松に従うと幹部たちは固い誓いを立てた。

第三章　博徒大名伊丹一家

一

伊丹家の上屋敷に戻った鶴松は、御座の間の上段に座り、三十人ほどの主だった家臣たちと向かい合った。

家臣たちの脇には高川、片岡、山田の重鎮三人と、猪鹿一家から出張ってきた代貸の峰吉、本出方の喜三郎（きさぶろう）と勘助（かんすけ）の大幹部三人が横並びに座る。

伊丹家と猪熊一家が、初めて座を同じくした。その真ん中で鶴松は、金糸銀糸で織られた殿様衣装ではなく、小袖の着流しに、頭もいなせな町人髷（まげ）にして、言葉も伝法なもので通す。

「この方が、動きやすいんでな」

来賓(らいひん)や来客など公人が訪れた場合は、三太郎が相手をすることになっている。奥でもって腰元をはべらし、美味(うま)い物を食える立場に三太郎は大満足である。

「――親分のためなら、いつだって首を刎(は)ねられてやるぜ」と、影武者としての覚悟が備わっている。

御座の間の、鶴松の背後には千両箱が十個積み上げられている。更にその後ろの床の間の壁は、丹頂鶴が描かれた掛け軸が外され、代わりに博徒の氏神様である『天照大神』『八幡大菩薩』『春日大明神』の掛け軸が垂らされ、神棚が祀られている。御座には長火鉢が置かれ、それを前にして鶴松は長煙管で煙草を燻(くゆ)らせ家臣たちに謁見する。

「俺たちは、侍でもあるしやくざでもある。その両方の精神を持ってねえと、この難局は乗り切れねえ。だから、まずは形から入る」

上屋敷の御座の間は、博徒の親分鶴松の居間と成り代わった。

家臣たちは一様に顔を顰(しか)めるが、鶴松は動じない。

「何か、文句があるかい？」

ざわめきが起こるも、誰も口にしない。

「言いたいことがあったら、ここで聞くぜ。何でも言いな」

「でしたら……」

家臣の一人が口にする。

「身共らは、なんとお呼びすればよいので？」

「殿でも親分でも、どっちでもいいや。そんな細けえことじゃなく、もっと
……」

「よろしいですか？」

そこに、徒組の横内が問いを発する。

「殿……いや、親分はこれから何をなされようとしておられるので？」

「いい問いだ。それについてはこれから話すが、その前にまだ誰にも言っていない、俺が考えていることを言っとく」

重鎮や幹部たちは、鶴松の心の奥底までは覗けてはいない。それが聞けるとあって、体がいく分前に傾いた。

「俺は、この世の中を牛耳る馬鹿奴らどもに、一泡吹かせてやろうと思ってる。

貧乏所帯の大名に、二万両の供出を突きつけるなんてのは、嫌がらせ以外の何ものでもねえ。まあ、そんなのはどうでもいいが、この世には、飢えで苦しんでいる人間が山ほどいる。俺は、出羽の国元に行って、それを目の当りにしてきた」

鶴松は、話に間を置くために、ここで一服つけた。煙管の雁首から、紫の煙が立ち昇る。その仕草を、誰も咎めようとはしない。黙って、鶴松の次の言葉を待った。煙を口から吐き出し、鶴松は言葉を続ける。

「世の中を変えるには、俺たちはでかくならなきゃならねえ。そのため、俺は老中になる」

ここで、更なるざわめきが起こった。中には、失笑を漏らす者もいる。

「何がおかしい？」

「殿。老中とか若年寄という幕閣には、外様大名はなれませんぞ」

「しかも、一万石の小大名では……」

江戸留守居役片岡の言葉に、番頭兼勘定奉行の山田が言葉を添えた。家臣たちからは、無理無理と頭が振られる。

表情を変えずに鶴松の話を聞いているのは、家老の高川監物と鶴松一家の幹部三人である。

「馬鹿野郎、話は最後まで聞け。俺は、老中だとか若年寄なんて、そんな肩書きなんてのはどうでもいい。そんなもの、屁みてえなもんだ。それよっか、奴らを牛耳る立ち位置になるってことだ」

老中や若年寄を牛耳れるのは、将軍しかいない。鶴松の大言壮語に呆れたのか、家臣たちの口はパクパクと開いたままになった。

「なんだ、その間抜けた面は？」

鶴松の方がおかしく思ったか、顔に笑いを含めて言った。

「いえ、あまりにも言うことが大きすぎると思いまして」

「山田は、そう思うかい。だったら、みんなも同じ思いだな？」

家臣たち全員の頷きが返った。ここを納得させなくては、家臣たちは動かない。むしろ、大風呂敷を広げる口先だけの野郎と、誰もがそっぽを向いてしまう。

鶴松は、一言で得心させる言葉を口にする。

「ここに、俺と同じ思いを抱く男が二人いる」

誰だと思わんばかりに、家臣たちが周りを見回す。その様子を見て、鶴松は言葉に間違いはなかったと感じた。

一人よりも二人、二人よりも三人が結束していれば、下の者は安心してついてくる。どれほどの大言壮語でも、それが正しいと思うようになっていくものだ。それを正しく導けば大きな力になり得る。

——弱い者が、強い心を持つ。

それが、鶴松が抱く信念であった。

「江戸家老の高川さんと、猪鹿一家代貸の峰吉さんは、俺の気持ちを真っ先に受け止めてくれた。この二人がいなければ、おそらく今ごろ伊丹家は廃絶となり、跡形も無くなっていたはずだ」

鶴松は、初めて高川と峰吉に敬称を付けて呼んだ。

家臣たちの目が、高川と峰吉に向く。さらに、鶴松の言葉が続く。

「人間、どん底を見た時ってのは逆に強いもんでなあ、いざとなったら泥饅頭だって食える。家老の高川さんはな、俺を藩主にしたくて泥饅頭を食った。その心意気に、俺は乗ったってことだ。そんなんで……」

「殿……」

鶴松の言葉を止めたのは、高川であった。首を振って、その先は言うなとの意思を示す。見ると家臣全員、畳に伏している。鶴松の気持ちが通じたと、高川は言いたかったのである。

この場にいる者たち全員が鶴松の志を理解すれば、末端の家臣たちまで全員がなびく。

「それで、殿は何をなさると申しますので？」

家臣を代表して訊いたのは、家老の高川であった。まだ、鶴松が画いた絵までは誰も見えていない。

「小名木川沿いに、伊丹家の下屋敷があるな。あのでかい屋敷を、塒だけで使っているのはもったいねえ。そこで、考えがある」

ここでまた鶴松は一服つける。お亮がいたら、吸いすぎだと叱られそうだが、気持ちを落ち着けるにはこいつに限る。そして、煙と共に一気に吐き出す。

「下屋敷を、一大賭博場にする」

「なんですと！」

「なんですって？」

場に、大きなざわめきが起こった。これには、猪鹿一家幹部三人も驚きを隠せないでいる。

「賭博場といっても、丁半博奕のようなちまちましたもんじゃねえ。あんなもんで五万両稼ぐには、二十年かかっても足りねえ。三月で、十万両稼げる博奕場だ」

「三月で、十万両……」

「ああ、そうだ。十万じゃ少ねえか？　だったら、二十万両でもいい」

「いや、十万両でもとんでもないのに……」

勘定奉行なら、十万両の大きさを知っている。千両箱を、百個積み上げた図は想像すらできないと、そんな表情を浮かべている。

「とんでもねえことはねえよ。後ろにある一万両を、十倍に増やすだけだ」

造作も無いように、鶴松は言い切る。すると、簡単にできそうになるから不思議である。その場にいる全員の顔が、真剣味を帯びた。

「どんな策で……？」

問うたのは、峰吉である。博奕となると、やはり一日の長がある。

「世の中には、金を腐らすほど持ってる奴がいる。狙う相手は、そいつらだ。ちょっとした金持ちは、相手にしない。少なくても、五万両以上の財を持つ大富豪だ」

「なんとなく、分かる気がしてきやしたぜ」

賭場(とば)の進行を仕切る、本出方を務める勘助が、腕をめくって言った。

「ですが、大富豪が博奕などやりますかね？」

訊いたのは、江戸留守居役の片岡であった。

「さすがに大旦那はそんなものには手を出さねえだろう。あの人たちが考えてるのは、さらに財を十倍にも二十倍にも増やそうってことだ。事業そのものが、博奕なんだな」

「だったら、どうやって……？」

金儲(かねもう)けに疎い武士ならではの問いである。その一つ一つに、鶴松は答える。

「大富豪ってのはだ、あっちの方も達者な野郎が多い。つまり、子供を沢山作るのよ。すると、中には出来の悪い倅(せがれ)が必ず一人や二人出てくる」

自分もその一人かと、鶴松は語っていながら苦笑いを浮かべた。

「そいつらに、一人頭五千両持ってこさせる。大富豪からしたら、かすり傷にもならねえ額だ」

鶴松の話に、口を挟む者はいない。

「あんなつまらねえ刀に、一万両も払う馬鹿がいるからな」

心の中では、お父っつぁん卑下してすまないと、鶴松は詫びている。

「その放蕩息子を集めてくるのが、猪鹿一家の仕事だ」

「身共たちは何を？」

高川の問いに、鶴松は小さく頷く。

「やってもらうことがいろいろあるぜ。まずは、下屋敷を博奕場に変えること。資金は、後ろにある一万両だ。賭場の仕切りは喜三郎と勘助にやってもらう。つまらねえ賭場と違うから、心してかかってくれ」

「へい」

喜三郎と勘助の返事が揃った。

「それと、伊丹家家臣にやってもらうのは馬鹿息子……いや、太いお客さんだ。

これからは若旦那と呼ぶ。その若旦那が作った借金の取立てをやってもらう。大富豪の大旦那相手に、やくざが行っても釣り合いが取れねえ。ここは武士の威厳を発揮してもらう。その頭（かしら）に、番頭兼勘定奉行の山田がなってくれ」

「かしこまりました」

大役を仰せつかり、山田の体が小刻みに震えている。

「博奕場の警備は、徒組の横内が仕切れ。腕の立つ奴、五十人くらいいるだろ」

「そんなにいますかねえ……分かりました」

自信がないと首を振るも、鶴松の睨（にら）みに横内は顔を伏せた。

「腰元衆は、若旦那のおもてなしに一役買ってもらう」

鶴松は、それぞれの役目まですでに描いていたのであった。

「俺たちは博奕打ちだ。真っ向勝負で行くぜ！」

「ははぁー」

鶴松の号令に、武士である伊丹家家臣たちが揃って平伏する。

二

一万石大名でも下屋敷の敷地は、千坪以上ある。

本殿の広さだけでも、五百坪は下らない。敷居はそのままにして、襖（ふすま）や障子を取り外すと、柱の多い大広間が出来上がった。そんなだだ広い部屋で、丁半博奕や花札遊びは見劣りする。

深川は木場の町である。大工も多く住み、手間賃に色を付けて賭博の遊具を作らせる。中でも大仕掛けは『競鼠場（きょうそじょう）』である。

長さ十五間、幅三尺、深さ六寸の長い箱を、高さ二尺ほどにして大広間の端から端までに常設する。幅三尺の中はさらに四寸ごとに、六つの通路に仕切られている。その通路には、一から六の数が書かれ二十日鼠の通り道となる。

十五間先に鼠の好きな餌が置いてあり、それを目指して……鼠の順位を当てる賭博（あそび）である。

一尺五寸の真四角の的が、二十五の升に区切られている。その的に向けて矢を放つ、単純な遊びだ。三間離れたところから矢を十射放ち縦、横、斜めいずれか一列に打ち抜いたら『千両』。その賞金が、射幸心を煽（あお）る。鶴松はこの遊びを自らの官名から取り『備後守（びんごのかみ）』と名づけた。

　以前、お亮が言っていた、放蕩（ほうとう）息子の間で流行っている『奪（ダツ）』というのを調べた。これも、的当て遊びである。こちらは、先端に鋭い針がついた吹き矢である。差し渡し三尺の丸い的の真ん中から、放射状に線が引かれている。細かく仕切られた枠に吹き矢を放ち、当り所で賞金が出たり、賭け金が没収される。

　その他にも、金釘を無数に打ち付けた台の上部から玉を落とし、ところどころに空いた穴に入れば賞金が放出される。『落とし玉』と名づけたところは、正月の小遣いを髣髴（ほうふつ）させる。

「――こいつは人気が出そうだな」

　男なら誰しもが喜びそうな『桃色誰だ』なんてのを、誰だかが考えた。腰元たちが着る矢絣（やがすり）の小袖の下に纏（まと）う腰巻の色を当てるという、馬鹿馬鹿しくも単純な博奕である。賭け事は単純なほど、人は嵌（はま）る。そこにお色気が加われば、人気が出るのは間違いない。

そんな博奕の遊戯具を十種類ほど考え作り出し、下屋敷の母屋に配置する。その準備だけで、一月はかかる。実際の、回収期間は二月しかない。

「二月もあれば、充分お釣がくるぜ」

鶴松の言葉に、下向きはない。そんな言葉に先導され家来、子分たちは動く。大博奕ご開帳に向けて、博徒伊丹一家が一丸となって動き出した。

鶴松はまず、猪鹿一家に命ずる。

「江戸中で、五万両以上の財を持つ大富豪がどのぐれえいるか調べ上げてこい」

自分の出である大徳屋も、その内の一軒に入る。

「……ここには、三木助っていう馬鹿野郎がいるからな」

実家であろうが、鶴松は頓着しない。

猪鹿一家の力からすれば、五日もあれば答は返ってくる。

「三百軒以上はありますぜ」

代貸峰吉からの報告があった。

「結構有るもんだな」

両替商、札差、米問屋、廻船問屋、魚河岸……あらゆる業種業界の株仲間、組合などの、商人の頂点に立つ組織の元締めだけでも二百軒はくだらない。それに加え、庶民相手でしこたま儲けた小売商の名が記された台帳が、鶴松の手に渡された。

店の名の横に、名が書かれてある。空白のところもあるが、三分の二ほどが埋まっている。

「大旦那の名か？」

「いや、その名こそ宝の山で……」

「放蕩息子……いや、若旦那か？」

「さいで」

峰吉が、大きく頷き答えた。

鶴松が、台帳をめくるとあった。『日本橋十軒町油商大徳屋　三木助』と目にし、思わず苦笑いが浮かぶ。その表情に、峰吉が気づいた。

「何かありやしたんで？」

「いや、なんでもねえ。少なくても、二百人はいるってことか」

「へえ。穀潰しの、手に負えねえ息子たちで」

「こいつらに、賭場で五千両使わせる。それが、一人頭の上限だ。一軒からそれ以上奪っちゃならねえ」

鶴松は、それを絶対の決まり事とした。

「そこまでなら、馬鹿息子の勘当で納まる。だが、それ以上財に穴を空けさせたら、大旦那たちは黙ってない。本気でかかってくる」

大富豪たちを怒らせたら、一万石の大名なんて一たまりもない。そこまで突っぱねる力はまだないと、鶴松は無茶をするほど無謀ではない。

「二百人から五千両……いったい、いくらになるんだ？」

すぐには勘定ができず、峰吉に訊いた。

「えーと十人で五万両、二十人で十万……ざっと、ひゃっ、百万両になりやすぜ」

峰吉の声が裏返った。

「それだけありゃ、江戸幕府が買えるかな？」

「そいつはさすがに無理でしょうが、幕閣を牛耳ることはできるんじゃねえですかね」

真顔で口にする鶴松に、峰吉が上気する気振りを抑えて言った。

「まあ、いっぺんにそんなに儲けなくてもいいだろ。ますは、その十分の一ってところだな」

「そんでも、十万両……」

興奮がぶり返したか、峰吉の顔に血が上る。もともと黒い顔が、さらにどす黒くなった。

若旦那を引きずり込むにあたり、一人頭五千両までとの決まりとは別に、鶴松はいくつかの縛りを与えた。

――脅しや騙しは絶対にしてはならない

――女を使ってはならない

――手目をしてはならない

――金は現金ではなく借用証文　手形　為替などでやりとりすること

「いろいろと、縛りがきついですね」

峰吉の意見には、鶴松はこう答えた。

「脅し、騙しはやくざのお家芸だろうが、もうそんなことをしてる次元じゃねえ。五千両もの借財を拵え、そこに脅しをかけたら必ず奴らはどこかに泣きつく。そうなったら、面倒臭えことになるからな」

そうしなくても若旦那は必ずくっついてくると、鶴松は豪語する。

「でしたら、何故に女を使っちゃいけねえので？」

「色恋沙汰に発展したら、金がこっちに回らなくなるぜ。博奕よりも面白いものを与えてやっちゃならねえ」

「親分は、そこまで考えてるんで……うーむ」

常人には、考えられない発想だと峰吉は腕を組んで唸った。そして、次の問いを放つ。

「手目はいけないってのは分かりやすが、現金でなく紙のやり取りってのは？」

「小判なんかじゃ、重くてしょうがねえだろ。そりゃ、最後には金に換えるが賭場には現金を置かねえ。だいいち、目付かなんかの手入れが入ってみろ、全部没収されちまう。その点紙ならば、なんとでも言い訳が利く。それと、もう一つ大きな理由がある」

「ほう、その大きな理由ってのは？」

「金の回収は俺が直に出張って、大旦那と交渉をする。実は、それが本来の目的なんだ。伊丹家の連中にああ言ったのは、気持ちを引き締めてもらおうと思ってな」

鶴松の、心の奥にはまだまだ底知れぬ野望があると感じたか、峰吉はその恐ろしさに首をいく分竦めた。

「あっ、そうだ。もう一つ、紙にする理由があった。借用書や手形ならば、博奕に負けてもそんなに痛手を感じねえからよ」

若旦那の財布には、いつも五十両、百両の金が入っている。

「それを巻き上げたら、千両負けるよりも腹が立つ。本当に不思議なもんだぜ、人間の心の中ってのは。紙ならば、そんなこと気にしねえでいくらでも借金ができる」

いつしか世の中、金を持たなくてもペラ紙一枚で物を手に入れることができる時が来る。そんな予言をするかのような、鶴松の言葉であった。

三

それから一月ほどして、伊丹家下屋敷の大賭博場が出来上がった。

門の外からは、いつもと変わらぬ風景を醸し出している。御殿の玄関を入っても、その質素さは変わらない。賭場への入り口は、玄関ではなく母屋を半周した所に設けられている。そこから入り、廊下を一つ二つ曲がったところに賭場への入り口の壁が有る。忍者屋敷のような仕掛けが施され、内側から紐を引かないと開かないからくりとなっている。初めて来た客は、案内がいないと絶対に賭場には辿り着くことはできない。

普段はほとんど来客などない下屋敷である。いよいよ、ご開帳の日を迎えたが、下屋敷はいつもと変わらぬ静けさであった。つまり、賭場の客が一人も訪れてこない。夕刻七ツになれば、三々五々客が集まるはずであった。

賭博場には煌々と百目蠟燭が焚かれ、昼間のように明るくなっている。博奕の遊具も整い『競鼠場』には、訓練された二十日鼠たちが待機し競走の出番を待っている。競鼠場の長い走路の周りに、人が群がっているはずなのにまだ誰も立つ客はいない。的当て遊戯にも客は無く、射幸心を煽るため、賞金と見せるために空の千両箱が積まれている。『見事的中者壱千両』と書かれた横断幕が、蟻壁三間に亘り張り巡らされている。

『桃色誰だ』の腰元たちも用意が出来ているが、手持ち無沙汰に暇をもてあそんで団子などを食っている。

「おかしいな、一人も客が来ないとは」

夜の帳が下りても、結局その日は客が一人も来ずに終わった。

三日経ち、五日経ち、十日経っても一人の客もこない。

「どうなってるんだ、いったい！」

「どうしたのだ、猪鹿一家の者たちは？」

ここまでお茶挽きが続けば、伊丹家家臣たちにも動揺が広がる。一人の客も来ない現状に焦りと不安を感じ始めていた。

「所詮、やくざたちのやることよ」

不平、不満の声も日ごとに大きくなってくる。そして半月が経ち、期限はあと一月半ほどしかない。

「十万両なんて大言壮語を吐いてたけど、これは殿のとんだ独りよがりだったの」

「ああ。どうやらあ奴は、稀代の食わせ者かもしれんぞ」

客が一人も来ないことは、むろん鶴松も知っている。だが、半月経っても指示一つ出すわけでもない。鶴松の耳に聞こえてくるのは、自分への辛辣な評判ばかりである。それも、日増しに声が大きくなってきている。

「殿、いかがなさるおつもりで……？」

「親分、あと一月半しかありやせんぜ」

さすがに家老の高川も、代貸の峰吉も焦りを感じて鶴松に進言する。だが、鶴松の表情は変わらない。逆に、薄笑いさえ浮かべている。放蕩若旦那を賭場に誘うのに、鶴松は一切助言をしていない。好きなようにさせて、一人も客が来なくても黙していた。

脅し賺し騙し、色仕掛けでの誘いは禁止されている。やくざがその手を使えないのは、手足をもぎ取られたようなものである。

「——面白い遊び場があるのだけど、来ませんか」

台帳に載った若旦那をつかまえ、こんな文句だけでなびく者はいない。そんな薄っぺらい言葉で、一人の若旦那をいく度も誘う。

「若旦那一人に対し、これまでどのくらい誘いをかけた?」

二十日目にして、初めて鶴松が問うた。それまで、一切口を出してはいない。

「五度や十度じゃ利かないと申しておりやすが……しつこいくらいに」

峰吉には、どんなに客が来なくても、若い衆たちを叱咤するなと厳命してある。

「若旦那たちは、いい加減嫌がってるだろうなあ」

「へえ。しつこい奴らだと、ぶん殴られた者もいやす」

殴られても、絶対に手を出してはならないとも言い聞かせてある。

「そいつは、気の毒だったな」

鶴松の苦笑いに、峰吉に笑いは無い。眉間に皺を寄せ、訝しげな表情で鶴松を見やる。

「……そろそろだな」

鶴松の、呟く声が峰吉の耳に入った。

「そろそろとは……?」

「若い衆たちにもう一度だけ、若旦那に声をかけろと言いな。その時こう一言添えろと。『あんたの親父に、一泡吹かしてやらねえか』ってな」

「それで、効き目がありやすんで?」

「根性の有る奴なら、これでなびいてくる。少なくても四、五十人は客となるはずだ」

鶴松が、客の数まで口にする。

「どうして、数まで言い切れるんです?」

「簡単な勘定よ。二百人いりゃその内二、三割の連中は、心の根っこまで腐っちゃいねえ。親父に認めてもらいたいがために、撥ねっ返ってるだけだ。拗ねていると言ってもいい」

——俺もその一人かもしれねえ。

鶴松の心によぎる。

「それじゃ早速、手筈を取りやさあ」

若い衆たちに指示を出すため、峰吉は部屋から出ていく。

「……まだちょっと早かったかな？」

鶴松が、独り呟く。

「いや、いい。これ以上焦らしたら、みんなの士気が失せちまう。ここが潮目だ」

部屋の真ん中で大の字になり、天井の節を見つめながらの独り言であった。

鶴松から伝授された文言をもって、猪鹿一家の若い衆たちが台帳に名が載る若旦那を訪ねて回る。二人一組で、江戸中に飛び出して行った。

「若旦那……」

三下上がりの文七が、若旦那が家から出てきたところをつかまえ声をかける。

「なんでぇ、またあんたらか。俺はこれから行くところがあるんだ、帰ってくれ」

「ちょっと、歩きながらでも……」

この若旦那には、もう十回ほど会っている。初めて会った時のように邪険ではないし、気持ちもいく分溶け合ってきている。少なくても、怪しい者たちではないとの感覚はありそうだ。

「若旦那さん。あんた、親父さんに一泡吹かしてやろうとは思いませんで？　なんだか、若旦那を見ているとそんな熱いものを感じましてね」

後の言葉は、文七の頭の中に浮かんだ言葉だ。すると、若旦那の急いでいる足が止まった。

「親父だって……？」

「ええ、そうです。若旦那が今遊んでいるような、ちまちました子供じみたものじゃない。うちに来れば、親父さんをひっくり返すぐれえの、でっかい気持ちになれますぜ」

自然と、文七の言葉も変わってきている。これまでとは、まったく違った誘い言葉となっている。

「よし。騙されたつもりで行ってみるか」

「別に、騙しちゃいませんよ。ここからは遠い。今、町駕籠を拾ってきますわ。千太、駕籠を拾ってきてくれ」

文七が、弟分の三下に命じて、町駕籠を拾わせる。

「深川は小名木川沿いの、伊丹家下屋敷の門前で降ろしてやってくれ」

駕籠舁きにはこう言って、運び賃に酒代を弾む。

「立ってる門番に、こう訊いてください。『備後守様のお屋敷はどちらですか？』って。間違いなく言ってくださいよ」

文七が、若旦那に手筈を言って送り出す。誘いの仕事は、これで一丁上がりである。


夕七ツ半になろうとしている。

この日これまで、伊丹家下屋敷の門番に『備後守様の屋敷はどこか？』と訊いた男が七人いる。

門番が分からぬように、屋敷の中に合図を送る。ここにも仕掛けが施され、すると脇の潜り戸が開いた。

「そこから入られたし」

中に入ると四、五人の家臣に取り囲まれて案内をされる。門を入ったところで、記帳させられる。

『日本橋本銀町両替商　大羽屋　三男　友三郎』と記され、それを台帳と照らし合わせ、合致したら奥の賭場へと案内される。

こんな調子で、この日の客が十人、十五人と増えていく。

「いったいどういう風の吹き回しだ。急に客が来出したたな」

驚くのは、これまで暇を持て余していた伊丹家の家臣たちである。さらに警固を厳重にせよとの達しがあって、気の抜けない夜となった。

四

若旦那たちが、一枚五十両の駒札を二十枚買う。現金は一切必要ない。元から金銭の感覚がずれている連中である。借用証文に名を記すだけで、楽しい遊びに参加できると、こぞって一人当り千両。それがこの日二十人来たおかげで一夜の内に、二万両の貸付けとなった。

寺銭は三割の六千両。差し引き一万四千両が、賭博の的中として配分される。

その分配金は現金ではなく、駒札である。

「――大羽屋友三郎さん、三千八百両のお預かり」

この夜友三郎は、二千八百両の利益を得た。その金額は台帳に記され、次回来た時に駒札になって渡される寸法だ。

「こんな面白え遊び、初めてだ。明日も来るけど、いいかい？」

有頂天の友三郎は、一夜で虜となった。勝組の反対に、負組がいる。一夜の内に三千両の借財を作った者もいて、悲喜こもごもの展開が伊丹家下屋敷で繰り広げられた。

その翌日は、倍の四十人が賭博の客となった。その内昨日の再来者は十六人いる。再来率が高いのに驚く。この日は都合四十人の客が、それぞれ好きな遊戯に分かれ趣向に興じた。

『備後守』の一角で、一際高い歓声が上がった。誰かが的を斜めに打ち当て、一挙に千両を手にした。これも現金ではなく、駒札二十枚が渡される。駒札一枚が五十両なので、一回当れば一挙に大儲けと客は感じる。だが、次に移った『桃色誰だ』で、腰元の穿く腰巻の色が当てられず備後守での儲けはたちまち露と消えた。

　そんなこんなで、伊丹家下屋敷の大賭博は繰り広げられる。

　四日もすると、借財が五千両に届く者が出てきた。初日で大枚を儲けた大羽屋友三郎が四日続けて賭場に出入りし、その後勝ち目が遠ざかり、とうとう五千両の借財を作った。

「頼む、もう千両貸してくれ」

　賭場を仕切るのは、猪鹿一家の峰吉である。

「すまないが客人、借財が五千両超えたらお引取りをって、前もって言ってありますぜ」

「五千両は為替にして明日持って来る。なので、今夜もう千両……」

「いや、駄目ですぜ。これ以上借財を作ったら、あんたさんは身の破滅だ」

「馬鹿にしないでくれ。俺は大羽屋の倅だぜ。五千両ぐらい作れないでどうする」

　身を乗り出して、峰吉に迫る。

「だから、駄目なんで」

友三郎の背後から声がかかった。友三郎が振り向くと、そこに鶴松が穏やかな表情をして立っている。

「誰だ、あんたは？」

「この賭場の胴元だ。よかったら、ちょっと俺の部屋で話をしねえか」

友三郎に不安げな表情が浮かんだが、鶴松の顔に優しい笑みが浮かぶ。

「悪いようにはしねえから、安心しな」

別部屋で、鶴松は一言で友三郎を言い含め、家へと帰した。


翌日、紬の着流しに羽織を被せ、鶴松は大羽屋へと向かった。

殿様というより、やくざの親分の貫禄を見せる。

一緒に赴くのは、勘定奉行の山田である。こちらは裃を纏い、武士のいでたちである。

本両替商大羽屋の主人の名は藤右衛門という。江戸の中でも十指に入る、両替商の中でも大店である。急な訪問であったが、藤右衛門は四半刻ならば話を聞くと、時を割いてくれた。六十歳に手が届く齢と聞いている。だが、背筋が伸び矍鑠とした姿は聞いた齢よりも遥かに若い。年相応に額には深い皺が刻まれているが、それが大店の主としての、苦労のほどを現している。

友三郎も同席している。背中を丸くしてうな垂れた姿は、どちらが親か子か分からないほど憔悴しきっている。

藤右衛門と友三郎が並び、鶴松と山田が向かい合って座る。

「倅の友三郎さんが手前の賭場で……」

五千両の借財を作った経緯を、鶴松は端的に語った。

「その借財を、大旦那さんに肩代わりをしていただこうとやってめえりやした」

「そんな博奕の借金を、わしが払ういわれはない。煮るなり焼くなりして、友三郎から取るのが筋ではないか？　この話ならもう終いだ。お帰りいただこう」

一刀両断で、突っぱねられる。

「ちょっとお待ちを……」

藤右衛門が腰を浮かしたところで、山田が制した。

「身共、出羽国は松越藩伊丹家家臣……」

まだ素性を語っていない。山田が、自らの素性を打ち明けた。

「お侍が何故にいるのかと訝しく思っておりましたが……」

言いながら藤右衛門は、浮かした腰を戻した。

「ご子息の友三郎さんは、わが伊丹家の窮状を見かねて……先だって国元は大災害に見舞われまして、その救済に一役買っていただいたのです」

山田は、この台詞（せりふ）に全神経を集中させた。

「ほう……だが、何故に博奕を？」

藤右衛門の問いに答える役は、鶴松である。

「実は手前……」

鶴松は博徒猪鹿一家の貸元と伊丹家当主の、二足の草鞋（わらじ）を履いていることを語った。

「なんと……！」

これには藤右衛門も、額の皺を更に深く刻んで驚く。

「伊丹家は罹災と幕府の嫌がらせで、三月の内に五万両を作らねばならない」

幕府を窮状の理由に使ったのは、藤右衛門が政策に不満を持つことを予（あらかじ）め調べてあったからだ。

「だからといって、すんなりと誰が金を出してくれます？　町中で、大声で叫んだって誰も助けちゃくれません」

「さもあろうな……それで？」

鶴松の話に興が湧いたか、藤右衛門の体が前にせり出してきている。四半刻は、すでに過ぎている。

「友三郎さんは言ってくれやしたぜ。『俺が賭場で借財を作ってやるから、親父に支払わせろ』って」

これにはうな垂れていた友三郎が、頭を上げ驚く顔を向けた。それに頓着することなく、鶴松は話を続ける。

「俺はこの賭場で伊丹家を救うだけじゃなく、十万両二十万両と手に入れようとしてやす」

猪鹿一家の貸元としての語りはここまでで、これから先は伊丹家の当主として語る。

「そこで儲けた金をもっと増やせば、たった一万石の伊丹家は、百万石の力を持つことができる。うちは外様だから幕閣には加われないが、縁の下からなら幕府を突き上げることができる。この伊丹家に乗って貰えば、五千両なんて安いものだ」

「なるほど……」

話が通じたか、藤右衛門が大きく頷く。

「それと、大羽屋さんはもっと安い買い物をしますぜ」

鶴松の言葉が、貸元に戻った。

「安い買い物？」

「ええ、そうで。隣に座る友三郎さんを放蕩息子と思ってたでしょうが、そうじゃねえ。性根までは腐っていませんぜ。いつも肚の中には『いつかは親父に一泡吹かせ、見返してやるんだ』と、野心も大有りでさあ。大羽屋さんに取っちゃ、これほど心強いことはねえでしょうよ」

「友三郎……」

小さく声に出し、藤右衛門は脇に座る友三郎を見やった。

「友三郎さんは、これから大羽屋の力になると言ってる。大旦那さんは、倅さんの良いところをちゃんと見てやってくださいな」

友三郎がどれほどの男か分からないが、これも商人への売り言葉だと、鶴松は藤右衛門にぶつけた。

「すぐに、五千両の為替を用意させよう。それに足して二千両。この二千両は、伊丹家の罹災に対しての手前からの見舞いだ」

為替の用意で、藤右衛門は席を空けた。

「親分……」

友三郎が畳に両手をつき、額を擦りつけた。下がった頭に向けて、鶴松が一言放つ。

「もうつまらねえところに出入りしねえで、年老いた親父さんを助けてやりない」

「はい」

友三郎の返事があったところで、藤右衛門が戻ってきた。七千両の額面に、山田が受け取りを書く。『伊丹家罹災救助金として』と但し書をした。返さなくてもよい金である。

都合七千両の為替手形を持って、鶴松と山田は大羽屋からの帰路についた。

帰りの道で、山田が鶴松に語りかける。

「殿は、こうなることを見越して……？」

「倅を一人立ち直らせたんだ。五千、いや七千両なんて安いもんだろ。ああ、俺が画いた絵ってのは、こういうことだ」

鼻の穴を広げ、鶴松は威張(いば)った顔となった。

五

それから十日ほどが経ち、五千両の借財を作った若旦那が十人ほどできた。大羽屋藤右衛門を諭した手筈(てはず)で、鶴松は五万両以上を手に入れた。

「これはまだまだ途中にすぎねえ。これからが、本当の勝負よ」

賭場に来る客は高止まりとなったか、四十人以上は増えない。逆に、借財が五千両に届く客が多くなり、この後は減る一方となる。客が二十人を下回ったら、賭場を閉めようと鶴松は考えていた。そこまでを勘定すると、十五万から二十万両の上がりが見込める。賭場を閉める際、多少の儲けが出ている客の精算をすると、歩留まりが悪く儲けは減る。それでも、十五万両の利が見込まれる。

「……欲を突っ張ったら、ろくなことはねえ」

鶴松は、潮どきを口にするようになっていた。そして、考える。

五万両を伊丹家で使ったとして、十万両残る。この十万両を元手に、何をするか考えていたところに、代貸峰吉の声が耳に入った。

「親分、いいですかい？」

「おう、代貸かい。ちょうどいい、俺も話があった。入ってくれねえか」

ここは猪鹿一家の、鶴松の居間である。寝転がって考えていた鶴松は、起き上がると長火鉢を前にして座った。同時に煙草を一服燻らせる。

「見込み通りに事が運んでいるようで。さすが、親分の考えたことは……」

「世辞はいいから、先に峰吉さんの話から聞かせちゃくれねえか。何かあったかい？」

峰吉の表情に、陰りがあるのを鶴松は真っ先に気づいた。

「ちょっと、気になることを伊丹家のご家来が言ってやしてね……」

「なんて言ってたい？」

「台帳に名が載ってない客が、ここのところ増えてきていると。もちろん、そういった客は中には入れやせんが」

「面白そうな賭場だって、それを聞きつけて来たってこともあり得るだろ」

「それならこっちも、それとなく分かりやすし現にそんな者もいやす。ですが、ご家来の言うにはもしかしたら……」

「もしかしたらって？」

「幕府の隠密に、目を付けられたのじゃねえかと」

「そりゃ、あんだけの賭場だ。いつかは、嗅ぎつけてはくるだろうよ。そんなのは、承知の上じゃねえか」

それだけに、万全の警備を布いている。だが、露見も視野に入れその対策も鶴松の頭の中にあった。

「問題はその隠密ってのが、誰の手によるものかだ」

おおよそ考えられるのは大目付か町奉行。大名の屋敷を使っての、賭博の開帳はよく有る話だ。だが、鶴松たちのやっている賭場は、そん所そこらと規模が違う。客の数は少ないが、動く額面が巨大である。そこに目を付けたならば、町奉行の線はない。大名家の素行に目を光らす、大目付が放った隠密ととらえるのが常識の線である。

「分かった。今日から、俺が直々門番に立つ」

「親分……いや、殿様がですかい？」

「おかしいかい？」

「いや……」

　鶴松に睨みを利かされたら、峰吉も二の句が継げない。

「初めて来た客の合言葉は『備後守様のお屋敷はどちらですか？』だったよな？」

「へえ」

「そして、二度目からの客は『備後守様はお元気ですか？』だったよな？」

　その符丁（ふちょう）が言えない客は、絶対に中には通さない。鶴松は、その二言を頭の中に入れ、伊丹家下屋敷の門番として立つことにした。

「それで、親分の話ってのは？」

「そりゃ、また後で話す。門番の方が先だ」

「さいですかい」

それ以上に大切な話だったら、鶴松は先に切り出したはずである。そこを峰吉はよく分かっている。

中間(ちゅうげん)の格好で、六尺の寄り棒を持って門前に立つ。

門番は二人立ち、中間に成りすました姿で、実際は伊丹家の徒組に属する者である。もう一人の門番に、鶴松は覚えがあった。

警固をさらに強固にするため、徒組の頭である横内を配備することにした。

「……殿」

鶴松の顔を見て、横内が驚く表情をしている。

「しーっ」

口の前に指を立て、横内の言葉を制した。

「俺とあんたで、幕府の隠密を見破る」

「番頭様から、そのように承っております。ですが、まさか殿直々に……」

「おい、殿はよせ。ここに立った以上は、あんたとはご同輩だ。そういった口の利き方を……おっ、誰か駕籠を降りてくるな」

「備後守様はお元気ですか？」

客の問いに、横内は小さく頭を下げた。すでに四回通う常連である。この客は問題ないと鶴松に仕草で示し、門の内側に合図を送った。すると、脇門が開き客は中へと入った。門の中では、台帳と名が照らし合わされる。問題があったら、その場で脇門が開き追い出される手筈となる。しばらく経っても客が出てこないので、奥へと通されたことが分かる。

暮れ六ツまでの一刻の間に、三十二人の客が邸内へと入っていった。新規の客はなく、みな常連ばかりである。このところ、四十人に届かなくなってきている。それを憂う気持ちは鶴松にはない。それよりも、変な客が紛れ込まないか、そのほうが気になっている。

怪しい客は今のところいない。

暮六ツが過ぎても立っている門番はいない。この刻を境に、入場を止めている。

辺りが暗さを増してきて、そろそろ中に入ろうかとしたところで、町駕籠ではなく歩いて来た一人の客があった。横内は初めて見る顔だと、小さく頭を振って鶴松に意を知らせた。

「備後守様のお屋敷はどちらでございますか?」

　三十歳くらいの商人の姿で、符丁は合っている。だが、鶴松はこの男に商人にはない臭いを感じたものの、あえて中へと入れた。脇門が開き、男が中へと入る。

「あの客、ちょっと臭うな」

　小声で鶴松が、横内に告げた。すると、横内の驚く顔が返る。

「どこかおかしいとでも……」

「ああ。あの立ち振る舞いは、商人ではねえ。どうも、臭い」

「ちょっと、中に入りましょう」

　脇門から中に入ると、男の身元確認が済んだところであった。何も怪しむことなく、案内の者に導かれていく。その後ろ姿を見やりながら、鶴松は書き込まれた台帳を開いた。

　最後に入場した男の名を見て、鶴松は思わず驚愕（きょうがく）の声を発するところであった。

『日本橋十軒店油商大徳屋　三木助』と、書かれてあったからだ。

「これは、今来た客が書いたものかい?」

「ええ、左様で」

だとすると、まったくの別人である。三木助に成りすまし、賭場の様子を探りに来た。その場では理由を語ることなく、鶴松は独りすたすたと歩き出し博奕場へと向かった。

「……今日、門番に立ってよかったぜ。こんな幸運には、滅多にお目にかかれねえもんだ」

不運はとっくの昔に使い果たした。これからは、幸運だけが舞い込むと、鶴松は自分に暗示をかけている。

呟くうちに、本殿の玄関を迂回し裏庭の客が出入りする勝手口に着いた。仕掛けの壁が開き、男が中へと入っていく。

「しかし、何故に三木助の名を騙る？」

疑問が鶴松の脳裏を駆け巡る。

「いや、そんなことを考えている場合じゃねえ。あの野郎を、どうするかだ」

間違いなく、幕府が放った隠密と見た。このまま野放しにすれば、これまでの苦労は水泡に帰す。鶴松は、男の素性を誰にも語ることなく、自分で探ることにした。

男が書いた千両の借用証文を見ると、やはり三木助の名が書かれてある。五十両の駒札を二十枚手にした男は、顔をいく分上気させながら、何で遊ぼうかと賭場を行ったり来たりしている。やがて、男が選んだ遊びは『桃色誰だ』であった。

「……助平な野郎だな」

鶴松の口から、呟きが漏れた。

一段高くなった舞台で六人の腰元が、矢絣の着物を着て順番に歩いている。そして、横並びとなると、三味線の音に合わせて踊りを披露（ひろう）する。艶（あで）やかな舞に、十人ほどの客たちの目は釘付けである。腰元の胸には『壱』から『六』の札が付けられている。

「さあ、桃色の腰巻を付けている娘は何番でしょうか？」

実に他愛もない博奕であるが、賭場の中でも一、二番を争う稼ぎ頭であった。

踊りの間に、客たちは予想する。そして、選んだ番号札と駒札四枚を台の上に置く。一勝負、二百両の大博奕である。確率六分の一で、当ると四倍になって返ってくる。当り外れよりも、腰元の着物が一枚一枚剝（は）がれて行くところに男たちの最大の関心が集まる。帯が解かれ、一枚着物が脱げるたびに、ゴクリと生唾（なまつば）を呑む音が聞こえる。白い襦袢の下に赤い襦袢が重ねられ、脱ぐかと思ったら元に戻す。もったいぶってなかなか腰巻まで辿りつかない。

三味線の音が一際高くなって、いよいよ腰巻のご開帳である。

長襦袢が四枚重ね着され、壱番娘から順に最後の一枚が取り除かれる。乳房が露になり、壱番の腰巻が青と出て、いく人かの客から歓声と失望のため息が漏れた。

「お次の番だよ　お次の番だよ――」

進行役が囃し立てる。弐番が赤で、参番が白。ここまでで、十人中九人が外れを引いた。三木助の名を騙る男は、五番札に賭けている。四番が黒と出ても、男は眉一つ動かさず冷静である。鶴松は、遠目からその男一人をずっと凝視している。

「五番のお色は　五番のお色は……」

進行役の囃子は、射幸心を高揚させる。五番の腰元は、見るからに四十歳を超えた大年増である。弛みのある乳房の下に穿く腰巻の色は――。

「残念、竹色でありました」

六番が襦袢を脱ぐと、艶やかな桃色の腰巻が穿かれている。一勝負が終わり、次の腰元衆六人が順番に入ってきた。四回外れても、一回当れば元が取れる勝負に動く客はいない。そこに客が二人増え、十二人となった。

「……どいつもこいつも、助平な野郎たちだぜ」

と呟くも、鶴松の鼻の下は伸びている。それでも、三木助を騙る男から目を離すことはない。

『桃色誰だ』に飽きたか、六百両損して男は別の遊戯に移った。十間の距離がある競鼠場には、十五人ほど客が寄っている。だが、それだけの客ではかなりまばらで寂しい感じは否めない。それでも、もたらす上がりは大きい。

六匹の鼠競走の順位を当てる博奕である。二通りの買い方があり、一着を当てる単勝式と一、二着の着順をズバリ当てる連勝式がある。単勝式は一勝負二百両で、当てると四倍。連勝式は一勝負百両賭けで、当てると十五倍の配当が得られる仕組みだ。一発大儲けと一発逆転を狙う客は、こぞって連勝式に手を出す。

六

競鼠場でも損を重ね、男は千両の駒札を失った。

「あと千両貸してくれ」

男の借用証文が二枚に増えた。それを鶴松は黙って見やる。すると、新たに与えられた駒札の一枚を、懐に入れる瞬間を鶴松は目にした。それを物の証として、上にもたらすものと知れる。

「……間違えねえな。ありゃ、幕府の隠密だ」

鶴松は、ここで迷った。捕まえて白状させるか、泳がせて雇い主を突き止めるか。

「ああいう輩（やから）は、絶対に白状しねえ。舌を嚙んで死なせるより、ここは泳がせたほうがいいな」

鶴松の独り言は、賭場の喧騒に紛れて耳にする者はいない。四半刻の間に、男は追い貸しの千両も使い果たした。

「ちっとも目が出ねえ。今日のところは、これで帰る。明日もやってるかい？」

男の声は、鶴松の耳に全部入っている。

「はい。明日おいでいただけるなら門番に『備後守様は、お元気ですか』と訊いてください」

案内役が、二度目以降の段取りを語った。

「分かった。『備後守様は……』だな？」

「はい、お間違いなく」

三木助を騙る男が、案内役に導かれ屋敷の外へと出た。すでに夜の帳が下り、外は暗闇と化している。

「こちらをお持ちください」

「すまねえな」

案内役から提灯を渡され、足元を照らす。鶴松は、少し間を空け男の後を追った。三年間の縁の下の生活で、鶴松は漆黒の闇でも目が利く。提灯は必要ないが、男には必要である。

「……来たときは歩きだったたな」

帰りも歩きと、鶴松は踏んだ。小名木川の堤を西に向かって歩く。途中、鶴丸の母親お絹が住む家の前を通るが、ここはやり過ごして男を追う。

先にある高橋で小名木川を渡れば、本所に向かうか新大橋を渡るかである。新大橋で大川を渡ればそこは浜町河岸（はまちょうがし）である。浜町一帯は、大名家から大身旗本（たいしんはたもと）、そして御家人などが住む武家地である。大目付や目付、三奉行なども多く住む。

「新大橋を渡れば、大目付の手先に間違いがねえだろ」

口にしながら、見失わないほどの間合いを取る。少し離れても、提灯の火が目当てとなって追い易い。

「渡りやがる」

常盤町の辻を曲がり、猿子（さるこ）橋で六間堀を渡ると幕府の御籾蔵（おもみぐら）から新大橋の袂（たもと）へと出た。

さて、この先男はどこに向かうか。

「日本橋十軒店の大徳屋でないのは確かだだな」

新大橋の中ほどまで来て、鶴松は独りごちた。

屋敷塀が、道の両側にそそり立つ。角をいくつか曲がると浜町堀へと出た。浮かれ柳が植わる堤沿いを北に一町ほど歩き、男は右に曲がる道を取った。そして、屋敷塀が連なる道を二町ほど歩き、屋敷の前で立ち止まった。

門構えからして、三千石は有に超えるであろう大身旗本屋敷である。鶴松は、暗闇の中でも周囲の景色を覚えることができる。下屋敷からの道順を、頭の中に叩き込んだ。

屋敷に表札は掛かっていないので、誰の屋敷かは分からない。

「そんなのは、調べりゃすぐに分かることだ。さて、その先の行動をどうするか？」

鶴松が考えているところで屋敷の脇門が開き、男が中へと入っていった。

「今夜は動くことはねえだろ」

だが、ここまできては博奕場への手入れは近いと見える。

「こりゃ、一刻の猶予(ゆうよ)もねえな」

真っ暗闇の中で、聞こえてくるのは鶴松の呟きである。だが、鶴松に焦(あせ)りはない。どんなに窮しても、解決策は必ず有ると信じているからだ。こういう時の最大の敵は、焦り、慌てふためき以外にないと心得ている。

武家屋敷町に置かれた辻番所で屋敷の持ち主を訊こうと考えたが、鶴松は止めた。宵の刻に、周辺を嗅ぎ回っていてはむしろ怪しまれる。場所さえ分かればよいと、鶴松は下屋敷に戻ることにした。そろそろ、博奕場も跳ねるころだ。新大橋で大川を渡り、元の道を戻る。町駕籠に乗らなくても、充分歩ける距離である。

鶴松は、下屋敷に戻って調べたいことがあった。

ずっと頭の中で燻っていた疑問である。

「なんで、大徳屋の三木助の名を騙ったんだ？」

猪鹿一家の客引きが、声をかけたのは分かっている。日本橋界隈は、誰が受け持ちかも分かる。

宵の五ツにかかる前で、この日の賭場はそろそろお開きとなる。脇門から、客が一人、二人と出てくる。だが、連れ添って帰る者はいない。みな、人に隠れて博奕を打ちに来ているのだ。歩きで帰る者もいれば、途中で町駕籠を拾って帰る者もいる。伊丹家の賭場は、借財が五千両を超した客以外、帰りの面倒までは見ない。

鶴松は、数人の客とすれ違って、下屋敷の中へと入った。

帳場で、峰吉が客と応対している。上限の五千両を失った客で、親父には言わないでくれと泣きついている。そこに、勘定奉行の山田が近寄り客を説き伏せる。

鶴松の要領を山田が受け継いでいる。

「悪いようにしないから、今夜はお引取りを……」

山田の説得で、渋々客が立ち上がった。万が一、小名木川に飛び込まれてはならないと、必ず一人ついて家まで送ることにしている。

翌日、鶴松と山田が借用証文を持って取立てに行く段取りである。

「……明日も、いろいろと忙しそうだな」

呟きながら、鶴松は苦笑いを浮かべた。

「代貸、ちょっといいかい？」

客が途絶えたところで、鶴松は帳場に座る峰吉に声をかけた。

「あっ、親分。どこかに行ってたんで？」

「ああ、そのことで話がある。そうだ、ご家老は来てねえか？」

「今日は、上屋敷にいます」

山田が、鶴松の問いに答えた。できれば同席させて話をしたかったが、いないものは仕方がない。

「たしか、日本橋で客を引いてるのは文七たちだったな?」

「ええ。文七が何か……?」

「おい誰か、文七を呼んできてくれ」

側に控える若い衆が、文七を呼びに向かった。間もなく、文七が部屋へと入ってきた。

「親分、何かご用で?」

「おめえ、十軒店の大徳屋って知ってるか?」

「たしか、油屋の元締めで……」

「そこの馬鹿息子で、三木助ってのがいるが、そいつを賭場に誘わなかったか?」

どうしてそんなことを訊くと、文七が首をかしげて訝しがっている。

「代貸、今日の客の台帳を見せてくれ」

鶴松は、この日の客の台帳を開いた。

「ここに、大徳屋三木助って書いてあるだろ」

「へえ……」

　峰吉と文七が台帳を覗き込み、同時に声が返った。

「こいつは、大徳屋の三木助じゃねえ」

「なんですって？」

　峰吉と文七の声が裏返った。

「親分は、大徳屋の三木助をご存じで？」

「ああ、ちょっとな。そうだ、二千両の借用証文が有るはずだ」

「ええ。あっしが立会いやしたから」

　帳場で借用書を書かせるときは、峰吉が立ち会うことになっている。

「親分は、なぜに二千両と知ってるんで？」

「ずっと、こいつを見てたからだ。伊達に門番なんかになりはしねえよ」

　鶴松は経緯を語ったものの、大徳屋三木助との関わりまでは話していない。

「それで、こいつのあとを尾けて行った」

　そして浜町の、とある屋敷を突き止めたことまでを語った。

「そこまでなさってたんですかい……なんてお人だ」

尊敬の呟きが、峰吉の口から漏れた。

「俺のことを感心してる場合じゃねえぜ、代貸。そうだ、江戸留守居役は来てねえか？」

藩の外交役であるならば、幕閣の事情に詳しいはずだと、鶴松は片岡の名を思い出した。


宵五ツを報せる鐘の音が、遠く聞こえてくる。

普段なら、その日の上がりを書き留めて一日の終わりとなるのだが。

「殿、お呼びで……」

片岡が加わり、身分など関わりなく五人が丸くなって座る。そして、後から来た片岡に、これまでの経緯を語った。

「もしや大目付が目を付けたとあっては、これは厄介ですな」

一通り事情を聞いた片岡は、腕を組んで深刻な表情となった。

「そんなに難しい顔をするこたあねえよ。相手が誰だか知れれば、打つ手はいくらだって有る。この先どうしましょうかなんて、話し合ってる暇はねえ。やることは、一つだ」

鶴松が、毅然と口にする。こういう時は、頭となる者の態度が肝心だ。それによってもたらす結果が良くも出れば、悪くも出る。もちろん鶴松は、良く出るしか考えていない。

「やることが一つと申されますと？」

片岡が、深刻だった表情を和らげ問うた。

「先手を打つことよ。幸いにも相手の出方が知れたし、場所も突き止めた。あとは、誰が手繰っているかを知るだけだ。そのため、明日の早朝片岡と山田と共に動く」

「かしこまりました」

片岡と山田の頭が深く下がった。三人で動くのは、相手のことを詳しく調べるのと、そのあとに山田と一緒に行って五千両の取立てがあるからだ。

「あっしらは、何を……？」

「とにかく、相手のことを知るのが先だ。それまでは、何も起きてねえように普段どおりにしていてくれ。みんなが心配しちゃいけねえからな」

「へい、かしこまって……」

鶴松の答に、峰吉が大きく頭を下げた。

七

もう一人、重要なことを訊くのが残っている。

「ところで文七、大徳屋三木助のことなんだが……」

鶴松が、問いを文七に向けた。

「へえ」

文七の顔が上を向き、思い出すように語りはじめる。

「油屋の元締めである大徳屋の倅とありゃ、賭場の客にもってこいだ。あっしは、近所での聞き込みで三木助という馬鹿息子を知りまして近寄ったんでさあ」

文七の話を、鶴松は黙って聞いている。

「三木助には三度ほど近づき、賭場に誘おうと声をかけたんですが……」

その時の、文七の回想である。

「――若旦那、考えてもらえましたか？」

「なんだ、てめえか。もう、俺のことを賭場に誘おうと思っても無駄だよ。たった今、親父から勘当されちまった。もう、大徳屋の倅どころか、無一文で追い出されちまった」

ふらつく足で、ガックリと肩を落とし日本橋の雑踏（ざっとう）の中に姿を消して行った。

文七の、三木助の話はこれだけである。

「勘当された男を追い回してもしょうがないと思いやして、その後三木助と話をするどころか、一度も姿を見ちゃいやせん。そう、最後に会ったのは、二十日ほど前でしたかねえ」

「……そうか、やっぱり勘当されちまったかい」

鶴松の呟きが、隣に座る峰吉の耳に入った。勘の働く男である。

「やっぱりって、親分は三木助ってのをご存じなんで？　さっきも、ちょっとなと言ってやしたが」

「ああ。実はな……」

鶴松は、これを機に打ち明けることにした。今まで誰にも話してはいない、鶴松の胸の内に仕舞われた昔日を初めて語る。

「俺と三木助ってのは、兄弟なんだ」

鶴松の切り出しに、四人の驚く顔が向いた。

「兄弟といっても腹違いでな、向こうは本妻の三男で四つ上の兄、俺は妾の子で末っ子だった。だから、ここで三木助の名が出たってのは、どえらい縁を感じてな」

「なるほど、そいつは感じるでしょうなあ」

峰吉が口にし、一同大きく頷く。そして、峰吉の問いは三木助から鶴松のことに切り替わる。

「すると、親分の親父さんてのは大徳屋の大旦那で……？」

「ああ、そのとおりだ。だが、倅であったのは十五までで、俺は大徳屋との縁を切った……というより、勘当された。だから、今は親でも子でもねえ」

この話を伊丹家の重鎮片岡と山田が、顔を見合わせて聞き入っている。小さく頷いたところは、やはり先代の殿とは血縁がなかったかと、改めて感じ取ったからだ。

「親分が先代から猪鹿一家の盃を貰ったのは、たしか二十歳のとき。その間何をなさってたんで？」

鶴松より五歳年上で、三十になる文七が訊いた。その当時文七は、兄貴として鶴松の面倒を見ていて立場が逆であった。

「あんまり、根掘り葉掘り訊くんじゃねえ」

代貸の峰吉が、文七を嗜めた。

「いえね、その五年の間に親分に何があったか知りたくて。もっとも、あとの二年はうっすら分かってやす。なので、実際は三年……」

「身共らも、知りたいところだ。のう、山田」

「まことに。どうなったら、これほどの男が形成されるのか、それが不思議でなりませんでした」

「親分がこれほどの男になったのは、おそらく大徳屋との縁を切ったあとの、三年間にあると思われやすぜ。いったい親分に何が……？」

「おい文七、いい加減にしやがれ。親分だって、言いたくねえことはあるんだ」

「そんなことぐれえで怒るんじゃねえよ、代貸。もっとも、話したところで詮がねえし、役に立つことでもねえ」

　どんなに苦労を味わおうが、それを語ったところで、相手に同じ経験が無ければ理解できるはずもない。おもてっ面だけ分かってもらっても『大変でしたねえ』の一言で終わりだ。

「ですが……」

　それでも文七と重鎮二人の顔は、得心がいってない様子だ。

「だったら、一つだけ言っとく。三年の間、おれは泥饅頭ばかりを食ってた」

「泥饅頭とは、殿がよく口にされますな」

　片岡が、小首を傾げながら言った。

「そいつが平気で食えるようになりゃ、どんなに最悪な状況からだって抜け出せる。俺が、その三年の間で教わったのはそれだけだ」

　鶴松は、語っていて思い出したことがあった。

　――国元のご家老は、泥饅頭を食ったのかな？

　国元の家老とは、城代家老の永瀬勘太夫である。酒田湊の豪商に返却した三千両を、上手く取り戻せたのか。その結果を知らずに、鶴松は国元をあとにした。

それが知りたくなって、鶴松はふと苦笑いを漏らした。

「何がおかしいので、殿……？」

「世の中には、美味い泥饅頭が沢山あると思ってな」

鶴松の、謎めいた言葉に、四人の首が揃って傾いだ。

「……泥饅頭、どろまんじゅう」と呟きが聞こえるが、すでに鶴松の頭の中は別の方に向いている。

――明日は、もっと忙しくなりそうだ。

浜町の屋敷の主を調べ、五千両の取立てをし、そして三木助の現状を突き止める。誰かの手に任すのではなく、これは自分の使命と鶴松は考えている。

「今夜は、このへんまでとしようじゃねえか。留守居役と番頭さん、明日は早いぜ」

博奕場の中に夜具が敷かれ、武士もやくざも無い雑魚寝である。鶴松も、空いてる夜具を探して潜り込む。「チューチュー」と、鼠競走で飼う二十日鼠の鳴き声がやかましい。鼾（いびき）と鼠の声を聞きながら、鶴松は深い眠りについた。

翌朝は、町木戸が開く明六ッに鶴松は起き、片岡と山田と共に朝飯を済ませた。

「そろそろ行くかい」

鶴松は、紬の着流しに羽織を被せた商人風の姿である。片岡と山田は、羽織と袴で裃は纏っていない。新大橋で大川を渡り武家屋敷町に入ると、二本差しの片岡と山田の姿は急に馴染んで見える。鶴松の格好は、場にそぐわなくなるから不思議なものだ。

鶴松は、道に迷うことなく昨夜の武家屋敷の前に立った。

「随分と、大身の旗本屋敷に見えますな」

外交に詳しい、片岡が門構えを見ながら言った。ここに、門番が立っていたら幕府の要職に就くものと見て間違いない。だが、刻限的に門番は立っていない。もし、役職が大目付ならば、あと四半刻もしたら屋敷から出てくるはずだ。千代田城の登城の刻となると、その辺の事情に詳しい片岡が説いた。だが、片岡もその屋敷の主が誰かまでは分かるはずも無い。

浜町堀沿いに、辻番所がある。武家地に設置された番所である。そこで、屋敷の持ち主を訊くことにした。

「頼もう……」

片岡と山田が番所の中に入り、鶴松は外で待った。やがて二人が、建屋から出てくる。

「やはり、あの屋敷は大目付の住まいでありました」

「名は、小笠原右京と申すそうです」

片岡と山田が、続けて答えた。

「よし。これから片岡は、小笠原右京のことを徹底的に調べてくれ。それも、三日内にだ」

「三日内ですか？」

「ああ、かかっても三日だ。相手だって、そうのんびりとはしてねえだろうよ。もう、こっちの探りは済んでるからな」

「はっ」

片岡の反論はない。

「それと、小笠原の屋敷周辺を見張れ。動きがあったら、すぐに報せられる態勢を取るんだ。その頭に横内を使え。あいつなら、気転が利く」

鶴松の、てきぱきとした指示に、片岡は大きく頷きを見せた。

「こいつは、伊丹家の命を賭した戦いだぜ」

町人に向かって武士が二人、ペコペコ頭を下げている。通りがかりの侍が、その光景を、首を捻(ひね)って見ている。


片岡は家臣たちに指示を授けるため、そのまま下屋敷へと戻っていった。

そして鶴松と山田はその場に居残り、小笠原右京の出仕を見届ける。十人ほどの警固を付け、四人の陸尺(ろくしゃく)で乗り物を担ぐ。窓が閉まっているので、小笠原の顔はうかがえない。

「さすが、幕府ご重役の登城ですな」

これから敵となろう相手の顔を見たかったが、ご対面はお預けとなった。

「これで、昼間の動きはないいな」

あと一刻もしたら、この周辺に伊丹家家臣の見張りが付く。いよいよ互いの探り合いの、幕が上がった。

そして、鶴松と山田の足は南に向いて、霊巌島(れいがんじま)を目指す。

霊巌島の東湊町には『淀川屋』という、上方からの運搬事業で大儲けした廻船問屋がある。そこの主人権左衛門の孫が、伊丹家の賭場で五千両の借財を作った。いつもの通りの筋書きで回収に当る。淀川屋から五千両徴収すれば、都合十万両に達する。しかし、大旦那の権左衛門、一筋縄ではいかない。

「そんなあんさん、無理ってもんですやろ」

江戸生まれと聞いているが、上方弁が抜けていない。孫をくれてやるから、煮るなり焼くなり好きなようにしろと、ここまではどこの大旦那も同じ台詞を吐く。その扱いには、鶴松も山田も馴れている。山田はここで、伊丹家の窮状を切り出し、情に訴える。その後は、決まった芝居のように展開が進み、難なく為替手形が手に入る。大羽屋のように、見舞金だと色をつけてくれる大旦那も少なからずいた。

「しょうもない話や。わてらに関係あらへん、帰っておくれやす」

しかし権左衛門、これまでになく手強い。先祖が上方の出とあって、浪速商人のしぶとい根性が身についている。

「いつまでもそこにいられたんじゃ、かないまへんな。お役人を呼びまっせ」

そのくらいの脅しで立ち上がる鶴松ではない。

「どうぞ呼んでくださいな。五人でも十人でも、百人だってかまいませんぜ」

鼻で笑って、軽くあしらう。

「ほなら呼びまひょか……おーい、番頭はん」

権左衛門の呼びつけに、すぐに番頭が駆けつけてきた。

「なんでございましょう?」

「すぐに番屋に行ってな、お役人の佐分利（さぶり）様を連れてきなはれ。無頼に脅かされ、えろう難儀（なんぎ）してるとな」

「かしこまりました」

一言返し、番頭が出ていく。

「大旦那、佐分利様が来るまで待っちゃいられませんぜ。こっちは次に行くところがあるんだ。遅れると、五千両がふいになる。もしそうなったら、こちらで五千両被ってもらうことになりやすぜ」

「とんでもおまへん。そんな、他人様（ひとさま）の分まで払えるわけおまへんで」

「どうしても、払ってもらえねえんだな。だったら、仕方ねえ」

こんなこともあろうかと、鶴松は強硬手段を練ってある。といっても、鶴松が匕首を抜いたり山田が刀を抜いたりはしない。

「お奉行、書付けを……」

鶴松に言われ、山田が懐から書付けを取り出す。パラリと開いて、権左衛門の目の前に翳す。そして、読む間もなく元の通りに折り畳んだ。

「これは、あんたのお孫芳次郎さんに向けた、伊丹家の発注書だ。芳次郎さんはな、伊丹家の仕事を取りたいがため、先に五千両の投資をした。偉いもんだぜ、たった五千両でその先を見越してる。こんな小さな金でうじうじしてる、大旦那さんとはどえらく器量が違う」

そんな話どこでしたと、権左衛門の隣に座る芳次郎が驚く目を向けている。それを気にすることなく、鶴松は言葉を続ける。

「この先伊丹家に乗れば、どれほどの利をもたらすか分からねえ。すでに、二十軒からの超大店が話に乗ってきてるんですぜ。日本橋本銀町は……」

鶴松は、大店の有名どころを数軒出したところで、昼四ツを報せる鐘の音が、遠く聞こえてきた。

「おっ、もう行かなくちゃ。間に合わなかったら、明日一万両の請求を持ってきますぜ」

話を途中で止め、鶴松は腰を上げる。山田もすっくと立ち上がった。

「ちょっと待っておくれやす」

「なんでえ？　四ツ半までに、浅草に行かなきゃえらいことになる」

「その話、本当でっしゃろか？」

「嘘ついて、どうする？　こちとらは、天下の大名だぜ」

大名の伝法な口調に、権左衛門の顔がニヤリと綻んだ。

「すぐに五千両の為替を用意させますさかい……これ芳次郎、番頭はんを呼んできなはれ」

為替はすぐに用意された。

「それにしてもあんたはんがお大名とは、面白いでんな。わて、えろう気に入りましたわ」

鶴松に大富豪の信奉者が、また一人増えた。

「間に合わなかったら、うちの川船を使いなはれ。浅草までなら、四半刻で行きまっせ」

本当は、鶴松が行きたい方向は逆である。

「いや、途中寄るところがあるんで……ほなおおきに、さいなら」

上方弁で挨拶をし、鶴松と山田はそそくさと淀川屋をあとにする。店を出るとき、町方役人の佐分利とすれ違う。

「なんだか悪い奴らに、脅かされてるようだな」

町方役人佐分利の声が、鶴松の背中で聞こえてきた。

第四章　生きていく術（すべ）

一

霊巌島の東湊町から、築地まではさほど遠くない。

上屋敷に赴き、これまでの流れを江戸家老の高川に伝える役目を、鶴松は山田に委（ゆだ）ねた。

「俺はこれから日本橋まで行かなくちゃならねえ」

三木助の現状を探るためだ。とりあえず、十軒店の実家に赴き、三木助が出ていった時の様子を聞く。もっとも、三木助が今どうなっていようが、鶴松には関わりが無い。ただ知りたいのは、何故に大目付小笠原の手による者が、三木助の名を騙ったか、である。

文七が、最後に三木助と会ったのは二十日ほど前と言っていた。生まれてこの方、甘やかされて育ってきた男である。勘当されてから、そのあと生きていく術を身につけてはなさそうだ。

「もしかしたら、俺より悲惨かもしれねえ」

鶴松の脳裏に、自分が寺の縁の下を住処にしてきた昔が、ふとよぎった。

「……早く見つけ出してやらねえといけねえな」

自分だからこそ、あんな劣悪な境遇に堪えられたのだと、鶴松は思うと歩く足が速くなった。

霊巌島から八丁堀を突っ切り、日本橋十軒店まで半里五町の道を鶴松は四半刻ほどで歩いた。大徳屋の前に立つのは、刀を一万両で売って以来である。まだ、二月も経ってはいない。だが、鶴松は店の中に入らず、知ってる顔が出てくるのを待った。

物陰に隠れしばらく待つも、知っている顔がなかなか出てこない。油を運ぶ奉公人では用をなさない。

「……こんなところで手こずっていても仕方ねえな」

呟いたところで、鶴松の目が点になった。

「あっ、あれは！」

驚く声が大きく、鶴松は自分の手で口を覆った。見覚えの有る顔が、店の中に入っていく。昨日見た顔で、忘れはしない。それは、賭場に遊びに来た大目付小笠原配下の隠密であった。着る物は昨日と変わらず、若旦那風である。

小笠原家に見張りが付いているはずだが、尾けている者がいる様子はない。

「あいつがなんでここに……？」

思い浮かぶのは、三木助との関わりだ。それ以外は、まったく想像が出来ない。しかしただ一つ、鶴松に感じ取れることがあった。

「……あれは、随分と馴れた様子だな」

店の中に入るとき、初めての客ならば必ず一度立ち止まって呼吸を置くものだ。それがなく、男は馴れた手つきで暖簾を分けた。

「誰に用事があるんだい？」

想像できるのは、父親の治兵衛である。今、どんな話をしているのか鶴松は無性に知りたくなった。
「しょうがねえ、潜るか」
縁の下に潜るのは、七年ぶりだ。いかさま博奕を見破って以来である。紬の小
袖に同色の羽織は、やくざの貸元としても、大店の主としてもそれなりの貫禄を
示す。それが泥だらけになろうが、破れようが鶴松には頓着がない。
鶴松は、屋敷を半周して裏木戸に向かった。十年前、家を出たとき潜った木戸
である。あたりを見回し、木戸を開けようとするが閂が掛かっている。
「……だろうな」
戸締りがしっかりしているのは、想定内である。鶴松は外からの木戸の開け方
を知っている。昔からの仕掛けが変わってなければ、すぐに閂が外れるはずだ。
これを知っているのは大徳屋の家族だけである。番頭など奉公人で、知る者はい
ない。
板塀に隠された仕掛けを、鶴松が操作すると『カシッ』と閂の外れる音がした。
木戸を静かに開け、鶴松は様子をうかがいながら中へと入った。閂を掛け、母屋

へと近づく。十年前と変わっていない、勝手知ったる家である。どこで誰が寝ているかまで分かる。

雨戸は開き、くれ縁と部屋を仕切る腰障子は閉まっている。その昔、油虫を埋めた庭から鶴松は縁の下に潜った。

「あっちだ……」

父親治兵衛の部屋を目指して、鶴松は匍匐前進する。

「すまねえな、家を壊しちまって」

鶴松が詫びるのは、床下に巣を作った蜘蛛に向けてであった。髷に蜘蛛の巣が絡み白髪のようになる。

「このあたりだな」

鶴松が止まったのは、治兵衛の居間の真下あたりであった。床板に耳を押しつけ声を拾う。

「……あれは……勘当……子ではない」

畳と床板を通してなので、はっきりとは聞き取れない。それでも話は三木助の件と知れる。鶴松は縁の下に潜った甲斐があったと、ニヤリとほくそ笑む。治兵衛の、この話だけで三木助の居所が分かる。

――小笠原のところか。

しかし、監禁されているのか、平穏に匿われているかまではつかめない。それが分かるのは、次に発せられた男と治兵衛のやり取りであった。

「……二万両……せんので？」

「あたり……煮ても……好きなよう……いい」

三木助にとって、あまり良い境遇に置かれてはいなさそうだ。

「……それでは……」

男が立ち上がったようだ。交渉は決裂と見た。


鶴松にとって、大いなる収穫であった。

三木助の居所が知れた上に、大目付小笠原と大徳屋の関わりまで知れた。すると、鶴松は急に怒りが込み上げてきた。

幕府の重役であるのに、人を拐かし二万両もせしめようとしている。

「大目付の、風上にも置けねえ野郎だ」

その上、伊丹家の賭場まで潰そうとしている。

「こいつをなんとかしなきゃいけねえ」

最大の敵は小笠原右京と、鶴松の頭の中はその一人に絞られた。

蜘蛛の巣だらけになった頭と、土まみれになった着物姿で鶴松は屋敷の外へと出た。路地の奥で、払い拭うも皆まで落ちるものではない。

日本橋の大通りに出ると、丁度隠密が店の中から出てきた。通りを突っ切り真っ直ぐ東に向かえば、伝馬町の囚獄の前を通り浜町堀に行き当る。浜町の武家地に戻るものとみていい。

「それにしても、驚く展開だな」

一瞬で、ここまで探れるとは鶴松も思っていなかった。すると、目の前に見覚えのある侍の後ろ姿があった。

「あれは、横内……」

男のあとを追う様子に、鶴松も横内の背後に付いた。どこで声をかけようかと迷うが、せっかく任務を遂行しているのに邪魔しては悪い。帰りが同じ方向だと、鶴松は黙ってあとを追った。

横内にしてみれば、大徳屋との関わりを知れたのは収穫であっただろう。だが、鶴松はそれ以上のことを摑んでいる。ただボケッと、小笠原家の周囲を見張るのではなく、新たに目的なるものができた。

浜町堀の堤に来て、男は汐見橋を渡ると川沿いを歩く。ここまでくれば、小笠原家に戻るのは間違いない。交渉が決裂したので、隠密の歩く姿に勢いがない。道を曲がって、武家地の奥へと入っていく。

「横内氏……」

辻の手前で鶴松は、横内の背中に声をかけた。いきなり後ろから声をかけられた横内は、直立不動となって立ち止まった。おそらく、心の臓が飛び出すくらい驚いたかもしれない。

「すまぬ、驚かしたりして」

悪いことをしたと、鶴松は素直に謝った。だが、そこに主君が立っていては驚きも倍増する。目を見開いたまま、横内は声も出せずにいた。

「俺だよ……忘れたか？」

「とっ、殿……なんで？」

横内にしてみれば、精一杯の返事であった。

「大徳屋からずっと尾けていた」

一所懸命男を追っていたので、声をかけなかったと理由を語る。すると、横内は落ち着いたか、真っ青だった顔の色が平常へと戻った。

「殿、なんですかその格好は？」

頭に付いた蜘蛛の巣も、着物の土も取りきれてはいない。鶴松は頭に手をやると、手に蜘蛛の糸がこびり付いた。

「ちょっと、縁の下に潜ったんだ」

見張りは二人いればいいだろうと、横内を含め三人を引き上げさせることにした。事情は、下屋敷に戻って語ることにする。

二

――大目付が三木助を攫い、その上で二万両の身代金を要求している。こんな、極悪卑道なことが許されるのか？

鶴松は、ずっとそのことが疑問となって頭の中にこびりついている。そして、賭場の探りは何を狙ってか。

「……何か、でかい金が必要なのか？」

鶴松の、歩きながらの呟きであった。

「殿、何か……？」

声が横内の耳に届いた。

「ちょっと考えているんで、話しかけねえでくれ」

「ご無礼をいたしました」

新大橋の中ほどまで来ていた。鶴松は、そこで立ち止まると横内に声をかけた。

「先に戻っててくれ」

橋の欄干（らんかん）に体を預け、大川の川面（かわも）を見やって考える。

――どうやら、公での手入れではなさそうだ。大きな事情（わけ）を抱えてそうだな。賭場の手入れで押収した金を、公金にするのではなく、自分の懐に納めようとしている。

「そうに、違（ち）げえねえ」

鶴松は、そう読んだ。

「……そんな肚が読み取れるな」

橋桁を潜る川船に目を向け、鶴松の呟きが止まらない。

「大徳屋が当てにならなくなったとあっちゃ、あとの狙いは賭場しかねえか」

早くて今夜、遅くても明日の踏み込みと鶴松は取った。

「三日も待っちゃくれねえか……こうしちゃいられねえ」

止まっていた鶴松の足が動いた。

下屋敷に戻るも、江戸留守居役の片岡はいない。小笠原の屋敷を横内に任せ、当人は別のところを探っているものと鶴松は取った。

片岡が、どこまで小笠原右京のことを調べてくるか。それにより、今後の手筈が変わってくる。それと、もう一つ鶴松にとってやるべきことがあった。

小笠原家から、三木助を奪還することだ。手荒なことはされていないまでも、監禁はされている。

「いや、むしろその方がいいか」

鶴松は安堵した。宿無しとなって、野宿をしているより遥かにましだと。三木助のほうは、後回しでもよしと思えば少しは気が楽になる。下屋敷の賭場を、守る方が先決となった。

「さてと、どのようにして守るかだ」

四角い的の『備後守』を見やりながら考える。

この日の、淀川屋の取立てで十万両は超えている。そして、見込める回収額は五万両ほどある。それを全て取り立てるには、あと十日ほどが必要だ。二十万両には至らぬまでも、それだけ利益が出れば充分である。

国元には一万両と、追ってさらに一万両が出来たと同時に送り出している。十日ほど前に、城代家老の永瀬から文が届いた。

心配した大雨も無く、仮修繕で事なきを得た。本格的な最上川の土手の工事は着々と進み、間もなく完全修復される。そして、酒田湊の豪商にも全額弁済し、安堵している。三千両の取戻しは、店先に座り込み、腹に刀の鋒を当て掻っさばこうとしたら、慌てて返してくれた。

「……国元のご家老も、泥饅頭を食ってくれたか」

一言呟き、鶴松がほくそ笑む。

それと何よりも、領民と家臣たちが腹を満たし、以前よりもよく働くようになったと謝辞が書かれてあった。

鶴松は、もう一万両ほど送ってやろうかと考えたが、それは止めた。あまり余裕を持たせると、人は働かなくなる。

「……つけ上がっちゃいけねえからな」

少し足りないくらいが、頑張ろうという気持ちになれる。

国元の心配が無くなれば、これほど心強いことはない。あと二月もすれば、参勤交代で藩主は国元に戻らなくてはならない。鶴松は、これで国元に行く必要は無くなったと、江戸に居座ることに決めた。これからは、三太郎が代わりとなって江戸と出羽を往復してくれる。

「俺が二人いるってのは、実に都合がいいな」

「殿、こちらにいらしたんですか」

独りごちたところで、背中から声がかかった。

振り向くと、片岡が立っている。

「何か分かったかい？」

「はい。なんですか、今大目付の小笠原右京は、窮地に陥っているようで……」

「窮地ってのは、金か……やはりな」

「やはりなって、殿はご存じでしたので？」

「俺たちより、あいつらの方が脇が甘いぜ。朝の内に、魂胆が見抜けた。ここの賭場に隠密を入れたのは、幕府としての手入れのためじゃねえ。こっから金を奪おうって魂胆だ」

鶴松の話に、片岡が驚く目を向けている。

「なんでえ、そんなに目を剝くほどのことじゃねえぞ。それで、そっちは何が分かったかい？」

「身共が聞いたところによりますと、どうやら小笠原は粗相をし、それで大金が必要になったとか」

「そそう……粗相ってなんだ？」

「そこまでは、誰も知っている者はおりませんで。申しわけございません」

肝心なところまでは、片岡は摑んではいない。それを詰る鶴松ではない。

「いや、半日でよくそこまで調べたな」

むしろ褒めるのが、鶴松流である。

「小笠原の粗相と、俺が摑んだことが一致した」

「殿が摑んだこととは？」

「だから、小笠原が金に困ってるって、それだけだ。これに粗相が絡めば充分だろ」

「ですが、その粗相ってのが分かりませんと……」

「そんなことは、本人の口から直に聞けばいいやな」

「すると、殿は……？」

「ああ。小笠原右京と会って、話をしてくる。もしかしたら、面白えことになるかもしれねえぜ」

何が面白いかは、具体的には浮かんでいない。だが、鶴松の本能が、そう思わせたのである。

「早ければ今夜、遅くても明日には大目付の手入れがあるぜ」

それを待ち焦がれるような、鶴松の声音であった。

小笠原が放った隠密が、今日の賭場に現れると鶴松は踏んでいる。それが、手入れの引き込みになるだろうとの読みであった。

「今夜と明日は、誰も客は入れねえ。ただ一人を除いてはな」

下屋敷にいる全員を集め、鶴松は言い放った。

客に、不安な気持ちを抱かせてはまずい。大目付の手入れがあるかもとは、口が裂けても言えない。

二日に亘る賭場の閉鎖を、いかに客たちに納得させるか。その言い繕いに、その場にいる全員が腕を組んで考える。すると、最後列にいた家臣が立ち上がった。

「拙者に良案があります」

「おお、花山か。いいから、話せ」

片岡が、扇子の先を花山に向けた。花山という家臣は、有事となれば槍を持って敵の陣地に突っ込んでいく、足軽の身分である。

「はっ。それでは、僭越ながら拙者が考えるところ……」

「前振りはいいから、早く話せ」

　片岡が、焦れたように花山を促す。

「客はみな、今の遊戯台に飽きが来ているようでございます。それで、一部新台に入れ替えるとかなんとか……」

「そいつは、いい考えだ！　明後日は新装開店、大盤振る舞いだって言えば客は得心するぜ」

　間髪容れず、鶴松は大賛成である。そして家臣全員、猪鹿一家の渡世人たちも異存がないと大きく頷く。だが、一人だけ首を傾げる者がいた。

「ですが、この二日の間で新台をどうやって作るので？」

　訊いたのは、猪鹿一家で本出方を張る勘助であった。

「いいか、勘助。この二日の間に、俺たちが潰れるかどうかの大勝負がかかってるんだぜ」

「さいでやした。新台なんて、どうでもいいことで……」

「ああ、そういうこった」

　ぐだぐだと説くより、ここでも鶴松は一言で納得させた。

　夕方になり、三々五々客が訪れてくる。三十人ほどの客を、その言い繕いで帰した。不満を言う者は誰もいない。むしろ「明後日が楽しみだ」と、気持ちを高めて帰っていく。

この日も、門番には鶴松自身が立っている。小笠原の隠密を、見定めるためだ。西の空の茜色（あかねいろ）が、黒みを増している。

暮六ツを報せる鐘がそろそろ鳴ろうかといった頃、小名木川沿いを歩いてくる者がいる。三木助を騙（しら）る隠密と、鶴松は二十間先から見抜いていた。

隠密が近づき、鶴松に声をかける。

「備後守様はお元気ですか？」

符丁（ふちょう）は合っている。鶴松は、黙って合図を送った。すると、脇門が静かに開いた。

「お通り下され」

なんの疑心もない様子で、隠密が脇門を潜った。鶴松は、それを見届けるもすぐに中には入らない。まだ、暮六ツの鐘が鳴っていないのと、小笠原家の手の者が忍び寄って来てないかを見届けるためだ。

刻を報せる捨て鐘が三つ鳴っている最中、客が一人来たがそれは例の言い訳を利かして帰ってもらった。

三

屋敷の中では、隠密が一人怪訝そうな顔をして立っている。

「……客が誰もいない」

異変に気づいたところで、伊丹家の家臣たち六人が取り囲んだ。手荒なことは絶対にするなと、鶴松から固く言い含められている。そして、隠密を客間へと連れていく。賭場ではなく、本来の八畳間である。襖(ふすま)を開けると、六人の矢絣(やがすり)を着た腰元が、畳に手をつき迎え入れる。

「桃色誰だじゃないのか？」

「この部屋は、賭場ではありません」

家臣の一人が、隠密に答えた。すると、片側の襖が開くと二人の腰元が入ってきた。それぞれ、膳を抱えている。膳の一つには、酒の注がれた徳利が載り、もう一膳には酒の肴(さかな)となる小鉢が載っている。

そのもてなしの良さに、隠密はむしろ恐れを感じているようだ。

「さあ、どうぞご一献（いっこん）」

腰元の一人が隠密の脇に座って酌をする。四十を過ぎた腰元で、きのうは竹色の腰巻を穿（は）いていた女であった。八百両取り損ねたことを思い出したか、隠密の顔が不快そうに渋みをもった。

三人の腰元が隠密を相手にし、二合徳利が空いたところで、

「酒は美味（うま）いし、ねえちゃんはきれいだろ？」

軽口を叩いて、鶴松が入ってきた。

「あっ、あんたは……」

鶴松を、門番としか見ていない隠密の顔が歪（ゆが）んだ。周囲の家臣や腰元が、平伏しているのが不思議に思えるようだ。

この隠密も、鶴松と同じ二十代の半ばに見える。

「みんな、下がってくれ」

鶴松が言うと、隠密以外誰もいなくなった。鶴松は、胡坐（あぐら）を組んで隠密と向き合う。

「あんたは……？」

隠密が、二度同じ問いを発した。

「さて、どっちを語るか……」

殿か貸元か、考えるまでも無く、鶴松は決めている。

「ここがどこの屋敷だかは、あんた知ってるよな？」

「松越藩伊丹家の下屋敷……」

「ああ、そうだ。俺は、その伊丹家の当主だ」

「なんだって！」

酒で赤味が差していた隠密の顔が、俄かに青白く変わった。尋常でない、驚きようだ。

「そんなにたまげることはねえ。そうだ、あんたの名はなんていうんだ？　こっちは隠密と呼んでるが……」

「隠密……俺はそんな者ではない」

「だったら、何をこそこそ探ってる？」

「…………」

鶴松の凝視に、男はあらぬ方向に目を逸らす。体も小刻みに震え、明らかに怯えているのが分かる。

「そんなに怖がることはねえよ。とっ捕まえようなんて端から思ってたら、酒なんか出しちゃいねえし、ねえちゃんに酌などさせてねえ。そうだ、まだ名を聞いちゃねえな」

「手前は三木助……」

「いや、違うな。大徳屋の三木助ってのは、俺の昔からの知り合いでな、その名を騙っていたのは端から分かっていた。俺が知りてえのは、あんたの本当の名と親方は誰かだ」

「………」

男はだんまりを決め込む。筋の通った男ならば、そんなに簡単には口を割らない。鶴松は、それも想定内だと表情に変化はない。

「喋りたくなければ、喋らなくてもいい。だが、名だけは教えてくれ。話しづらくていけねえ」

「……天野治五郎」

呟くような小声であった。

「男なら、でかい声で言いなよ」

「天野治五郎と申す」

「やはり、お侍だったかい。その天野さんは、どちらのご家来だい？」

「………」

肝心なことには、天野は口を閉じる。

「あまり余分な時はねえんでな、だったらこっちから言うわ。あんた、大目付は小笠原右京さんの手の者なんだろ？」

「そこまで……」

知っているのかと、天野の顔は更に血の気が引いて紫色になった。

「死人のような面になったぜ。どうだ、参ったかい？」

鶴松の問いに、天野の体から力が抜けたかガクリとうな垂れる。その、下がった月代に向けて、鶴松が一言放つ。

「もしかしたら、俺は小笠原さんの味方になれるかもしれねえ」

「えっ？」

天野の顔が、上を向いた。

「どうだ、この俺を小笠原さんのところに案内しちゃくれねえかい」

今夜の手入れは無いと見た鶴松は、天野を案内人に立て小笠原の屋敷に単身で乗り込むことにした。

「いや……」

それは出来ないと、天野は大きく首を振る。

「あんたに、手柄（てがら）をくれてやるよ」

長い言葉は必要ない。鶴松の一言は、琴線（きんせん）に響く。その言葉一つで、相手の顔、色はガラリと変わる。天野の紫がかった顔色は、平常のものへと戻った。

「どうやら大目付様は、どえらい事情を抱えてるようなんでな。その事情ってのを、詳しく知りてえのだ」

「拙者は何も……」

「知らなくたってかまわねえ。どうせ、深いところまでは知っちゃいねえだろうし、端からあんたに訊くつもりもねえ」

天野治五郎の硬直した表情が、いく分緩みをもった。そこに鶴松は畳み掛ける。

「金で解決することだろ？　悪いようにはしねえよ」

何もかも見透かされていると取ったか、天野の態度が変わった。

「はっ」

一言発し、畳に手をつき平伏する天野を見て、鶴松は立ち上がった。

「ちょっと待っててくれ」

鶴松は、何を着ていこうかと迷った。まさか中間（ちゅうげん）の形（なり）では行けない。町人の姿では礼を失する。かといって、裃（かみしも）姿では仰々しい。

「でしたら、これを……」

腰元から勧められ、羽二重の白襦袢（じゅばん）を中着にし、五つ紋の入った黒羽二重の袷（あわせ）を纏（まと）い、金糸で織られた綸子（りんず）の袴を穿く。そこに、白柄（しらつか）の小さ刀を一本腰に差せば、殿様の威厳が出てくる。

「こんな着物、着たくはねえけどしょうがねえ。まるで、七五三だぜ」

「よく、お似合いでございます」

三人の腰元の声が揃って、鶴松の衣装が決まった。浜町までは徒歩である。綸子の袴は歩きづらい。十歩も歩くと鶴松は、袴を脱ぎ捨てた。

家臣が乗り物を勧めるも、鶴松は断った。

「せめて、供侍を……」

「いや、俺一人で行く」

片岡の申し出も、首を横に振る。

「相手の土俵で相撲を取るのが、俺の流儀よ。命を張らなきゃ、大勝負には勝てねえ」

絶体絶命の窮地に陥って掴む勝利こそ、真の価値が有る。

「もしも俺が殺されたら、それまでのものってことだ。もっとも、殺されなんかはしねえし、むしろ感謝されて抱きつかれるわ」

鶴松の言葉に、返す家臣は誰もいない。


暮六ツ半となると、月の明かりが届かぬところは真っ暗闇となる。

提灯は一つ、天野が持っている。鶴松は、天野の後ろを五間ほど離れて歩く。一緒に並ばないのは、考えながら歩きたかったからだ。すると、新大橋で大川を渡り一町ほど行ったところで異変が起きた。

道の両側は大名家の上屋敷と中屋敷の、高い塀に挟まれている。人の通りはまったくない。遠くにぼんやりと、辻灯籠の明かりが見えるだけだ。すると、五間先を歩く天野の足が止まった。同時に鶴松も止まる。

「天野治五郎殿とお見受けする」

いきなり暗がりから五人の侍が出てきて、天野を取り囲んだ。離れて闇の中にいる鶴松には気づいていない。

「あっ！」

「命を頂戴……」

天野の驚く声と、刺客の声が重なる。それと同時に提灯の灯が消えた。

五人は抜刀しているものの、斬(き)りかかりはしない。暗闇の中で、相手の姿を見失っているからだ。下手をすると、同士討ちになる。目標が定まらず、右向き左向きしている様子が、五間離れた鶴松には手に取るように分かる。その姿が滑稽(こっけい)で、鶴松は思わず吹き出しそうになった。

「馬鹿だなあ、もっと明るいところで襲えばいいのに」

鶴松が、三間ほどに近づいたところで声を飛ばした。

「誰かいる?」

三間先も分からぬ暗闇である。刺客五人の中で、夜目が利く者は誰もいない。

「引き上げるぞ」

五人は刀を鞘(さや)に納め、立ち去ろうとするが速足とはいかない。遠く見える辻灯籠の明かりを目当てに、来た道を引き下がっていく。鶴松が追えば、五人は取り押さえられる。

「どうだ、捕まえるか?」

「いや、けっこうです。相手は誰か分かってますから」

それが誰かとは、鶴松は訊きもしない。どうせ天野が語らぬことは、分かっているからだ。それと、刺客たちに殺気が感じられなかったこともある。

「それにしても、伊丹様は何故にそれほどまで夜目が利きなさる?」

「暗闇にいた時の方が、長い生き方をしていたもんでな」

「それって、どんな生き方ですか?」

「まあ、よいではないか。もう刺客の気配は無くなった。先を急ごう」

天野の問いをいなして、鶴松は速足となった。

「ちょっと待ってくだされ」

灯の消えた提灯を持って、天野が鶴松を追う。

「……屋敷まで分かっていたのか」

小笠原の屋敷には、鶴松の方が先に着いた。それを見ての、天野の呟きであった。

四

小笠原家の客間で、鶴松は四半刻待たされているが文句は言わない。

天野の口から、小笠原右京にことの次第を語らせているからだ。さて、どんな顔をして小笠原が入ってくるか楽しみにしているところに、襖の外から声がかかった。

「入るぞ」

返事をする間もなく襖が開くと、小袖の上に袖なしの帷子(かたびら)を纏った四十をいくらか超えた男が入ってきた。齢(とし)のわりに皺(しわ)が多く、苦労が絶えないといった表情だ。顔を顰め、不機嫌なのが初対面でも分かる。

「待たせたな」

今の身分は、鶴松の方が上である。だが、小笠原の口調は居丈高なものであった。

——俺が誰だか知っていて、随分と高飛車にきやがるな。

これが、並の大名が畏怖する大目付の威厳かと、小笠原の目を見据えて鶴松は思った。

「わしが大目付の小笠原右京である」

「俺は……」

「天野から聞いておる。やくざの親分から大名になったこともな。どんな男かと思っていたが、随分と若いな。それはともかく、わざわざここに来なくても、明日にでもこちらから出向こうと思ってたところだ」

やはり小笠原は、賭場の手入れを考えていた。

「あまり大勢して押しかけられても、もてなしができねえ」

鶴松は、あえて無頼風の伝法な言葉を使った。その方が、小笠原とも対等に話せると思ったからだ。

「いや、そんな気を遣わんでもいい。そちらががっぽりと儲けた金を、頂きに参るだけのことだ」

「せっかくいらしてもらっても、うちには一文の銭もねえぜ」

「そんなことはなかろう。天野が、二千両がところ借財を拵えて帰ってきた。それと、すでに儲けは十万両以上と聞いておる」

「それは儲けではなく、みな借用証文だ。取り立てるまでは、紙屑ってことよ。両替して、初めて金になる」

小笠原と鶴松の、どちらも一歩も引かない言葉の鍔迫り合いである。

「それでもかまわん。どうせ、博奕で作った借金だろうよ。取立てなら、こっちでやるから任せろ」

「あれはお遊びで、博奕じゃねえ。ちょっと値が張るが、客は借金して遊んでいるだけだ」

「ああ言えば、こう言う。口の減らん奴だな」

小笠原右京の方が、表情に緩みをもった。だが、口調は相変わらずで大名に向かって『奴』呼ばわりである。鶴松にしてみれば、そんなことはどうでもよい。小笠原右京の本音を引き出すため、ここからが本番と肚に力を込めた。

「そんなに金が欲しいかい？」

この一言で、緩みをもった小笠原の顔が再び硬直した。肚の内を突いたと、鶴松は確信する。

「その表情は、図星だな。何のために金がいるか知らねえが、あんたの為出(しで)かした粗相(しくじり)と関わりがあると俺はみてるぜ」

「…………」

小笠原に返す言葉が無く、さらにその表情が苦渋に満ちたものとなった。

「幕府の財とするために押収するんじゃねえ、てめえで使う金だ」

鶴松の言葉が、どんどん荒さを増してくる。そして、更に畳み込む。

「もしかしたら、あんた誰かに脅かされてるんじゃねえのか？　大目付を脅かすとしたら、かなり太(ふて)え奴らだな」

「…………」

小笠原は、二の句が継げない表情だ。言葉にしたくても、口元だけがピクピクと動いている。鶴松の、一方的な言葉が小笠原に降り注ぐ。

「今しがたここに来るとき、天野が五人の侍たちに襲われたってのを聞いたかい？」

「……ああ」

呟くような、小笠原の返しであった。

「やはり、聞いてたか。あんなところで何のためにと思ってたけど、俺には読めたぜ。こいつは、どこまでも追い詰めるぞっていう威嚇だってな。家来を脅かせば、上の方がなびくと思っての襲撃だろ。殺す気までは無かったようだし、天野も相手の顔を知っていた」

ここで鶴松は一膝乗り出し、小笠原右京に近づく。

「どうでえ、話しちゃくれねえかい。事と次第によっちゃ、俺が金を出すぜ」

詰める口調が、一転穏やかなものとなった。

「なんだって？」

金を出すと聞いて、小笠原も一膝乗り出してきた。

「いくら必要なんだい？　忌憚のないところを言ってくれ」

「二万両……」

いくら幕府の重責を担う大目付でも、二万両はおいそれとできる金ではない。

「それで、十軒店の大徳屋に行って大旦那から二万両を出させようとしたんだな？」

「天野が話したのか？」

「いや……」

鶴松は大きく頭を振った。

「大徳屋の主か？」

「知らねえよ、そんな人」

場合によっては、方便も使う。

「だったら、誰に……？」

「縁の下の鼠に聞いた」

全てが見透かされていると取った小笠原の顔が引きつりを見せ、恐怖に慄く表情となった。

「もしかしたら、この屋敷のどこかに大徳屋の三木助がいるんじゃねえか？」

「……三木助って、倅の名まで知ってるのか」

小笠原の呟きが、鶴松の耳に入った。

「ああ、知ってるよ。天野が成りすました男の名なんでな」

「そうであったな」

小笠原が、小さく頷く。自分で画いた絵なので、事情は分かっている。

「だったらその三木助を、俺が二万両で買おうじゃねえか。大徳屋の大旦那が見捨てた倅だ。そいつだけなら少々高いが、そのおまけを思えば安いもんだ」

「おまけって……?」

「いや、こっちの話だ」

この先もっと大きくなるためには、大目付の力が必要だ。小笠原を味方に付ける絶好の機会と、鶴松は踏んでいる。だが、その心根までは語ることは無い。

すると、胡坐から正座となり、小笠原の居住まいが変わった。

——ようやく語る気持ちになったかい。

鶴松も正座となって、話を聞く姿勢を取った。正座には慣れてないが、相手を敬う気持ちは人一倍強い。

鶴松の所作を見て、小笠原の顔に小さく笑みが浮かんだ。初めて鶴松に見せた柔和な表情であった。

「四月ほど前のことだ……」

声音は穏やかだが、居丈高の口調は変わっていない。

四月前といえば江戸家老高川たちが訪れ、伊丹家の当主になってくれと頼まれた頃である。鶴松は、その当時のことを頭の中でなぞった。

「その頃、不審な動きを見せる大名がいた。大目付というのは、大名を監視する役目でもあるのでな、その大名の動きを探った。幕府に謀反を企てるような動きでな……」

「幕府に謀反……？」

「ああ、謀反だ。その大名は、外様とか弱小の大名に名を書かせ連判状を作っておった」

「……連判状？」

鶴松に覚えがあった。あれは初めて千代田城に登城し、将軍家斉に謁見する日であった。鶴松に、桜の会とか言って連判を求めてきた大名がいた。自分の名が書けないことで、鶴松は署名を拒否したのを思い出す。

——忘れてねえぜ、野郎の面。

「……信濃飯岡藩」

鶴松の記憶の中に、茶坊主から聞いた藩の名が残っている。それが、呟きとなって口から漏れた。

「なぜ、藩の名を知っておるのだ？」

今度は、鶴松の呟きが小笠原の耳に入った。鶴松が、その時の経緯を語った。

「そんなことがあったのか」

これは奇遇だと、小笠原の首が小さく振れた。

「だが、藩主の名は知らねえ」

「大田原肥前守友永だ。そいつが、わしを苦しめている一人だ」

「なんですって？　その大田原ってのが、あんたを……。それで、苦しめてる一人って言うと、まだ他にいるんで？」

「ああ。こいつには、でっかい後ろがくっついている。そいつには、わしも手が負えぬ」

　敵の敵は味方。なんだか面白いことになってきたと、鶴松の顔がニヤリとなった。

「何が面白い?」

　鶴松の笑った表情に、小笠原が訝しそうに訊いた。

「いや、何でもねえ。ところで、あんたはそいつらに金をせびられてるってことか?」

「ああ、まんまと嵌められた」

「嵌められた……いってえどういうことで?」

「その手口ってのは……」

　小笠原が経緯を語り出し、鶴松は体を前に傾けそれを聞く。もう互いに、敵愾心は消えている。

　四月ほど前、小笠原右京のもとに匿名の文が届いたと言う。

知らぬ者からの垂れ込みというのは、貴重な情報として大目付も重きを置いている。それを口火として動く際は、むろん裏づけを取るが、かなりの確率で真実であることが多い。

小笠原が受け取った文には、こう書かれてあったと思い出しながら語る。

いいおかはんおおたわらひぜんのかみにむほんのきざしあり
とざまのしょうだいみょうをあつめて　れんぱんじょうなる
ものをつくっている　そうきゅうにたいしょしないとておく
れとなりそうろう

全文が仮名で書かれてあり、読みづらくはあったが、意味はすぐに理解できた。むしろ、この手の文は垂れ込みとしての信憑性（しんぴょうせい）がある。小笠原は、早速の探索に取りかかった。

実際の連判状の表書きは、『花見出席者』と書かれてあった。鶴松が柳の間で目にした連判状と同じものである。

「……花見は表向きだ。裏はまったく違う。惚（とぼ）けたことを書きおる」

小笠原の呟きから探索が始まる。天野など、五人の隠密による極秘捜査であった。

五人がもたらす報せが、ことごとく大田原の陰謀を示す。連判状の署名は十の大名家に及ぶ。花見の席で、幕府倒幕の狼煙を上げるとの有力情報が決めてとなって、小笠原は四人いる老中の一人に、訴状を上げた。首謀者大田原友永の評議は、一大老四老中によって執り行われたが、小笠原の訴えは根拠の無い虚偽とされ、大田原は事実無根清廉潔白との評決が下った。

小大名を集めて花見の宴会を開いたが、酒と女と病気の話で盛り上がり、幕府の『ば』の字も話題の中にはなかった。出席した大名の中には、謀反などとんでもないと、腹をかっさばく素振りをして身の潔白を訴えた者もあった。

とんだ濡れ衣を着せられたと、大名たちの怒りの矛先は大田原に向いた。

名誉が傷つけられたと、大田原友永は小笠原に向けてカンカンになって怒る。老中に訴え出た小笠原右京に、二万両という莫大な賠償請求を突きつけた。事実無根のはずは無いと小笠原は、老中に再審を要求したがむしろそれが逆効果となり、大田原に対して即刻の支払い命令が下される羽目となった。

訴えが退けられたと同時に　小笠原の二万両の工面が始まった。

二万両という額がでかすぎる。そう簡単には集められる術も無い。無い袖は振れぬと、まったく支払いがなされない小笠原に、大田原は別の面から威嚇を放つ。天野に対しての、闇中での襲撃もその一端であった。

二万両の工面を考えている最中に、小笠原は伊丹家下屋敷の博奕を知った。そのきっかけが、道端で文七が三木助にかけていた賭場への誘いであった。

「――若旦那、考えてもらえましたか？」

「なんだ、てめえか。もう、俺のことを賭場に誘おうと思っても無駄だよ。たった今、親父から勘当されちまった……」

たまたま側を天野が通りかかり話を拾った。

側に立ち気づかれぬよう聞いていたので、話はそのまま天野に筒抜けとなった。隠密ともなれば、勘の働きが鋭い。文七と別れた三木助を、天野が追った。

五

ここまで聞けば、鶴松も得心ができる。

三木助は、この屋敷のどこかでのんびりとしているはずだ。心配したのが馬鹿馬鹿しくなったと、鶴松は頭の中を切り替えた。

「やっぱり右京さん、あんたは嵌められたな」

鶴松の、小笠原に向けた呼び方が変わった。気持ちが打ち解けた証である。

「やはり、あんたもそう思うだろ？」

「大田原の野郎、手目を張りやがった。このからくり絶対に暴いてやる。やくざの賭場なら片腕取っての三倍返し、六万両だ。どうだい右京さん、俺に乗らねぇか？」

小笠原の顔に、初めて会ったときの憂いの表情は消えている。深く刻まれた皺も少なくなって、今は鶴松を敬いのある目で見やっている。

「どちらでお呼びしたらいい？」

すると、小笠原の言葉つきが変わった。

「どちらというと?」

「親分か伊丹……いや、殿」

「そんなの、どっちだっていいですぜ。若造のくせして俺の口も荒いが、こいつは性分なんで許してもらいてえ」

鶴松は謙虚に頭を下げた。初めて小笠原に向けた態度であった。

「頭をあげてくだされ、殿……」

「家臣でもねえのに、殿はおかしいですぜ」

「ならば、親分……」

「子分でもねえでしょ。だったら、鶴丸とでも呼んでくだせえ」

鶴松とは、表に出せない名である。

「鶴丸……?」

「俺の幼名でさあ」

鶴松が、小笠原に向けて幕府届け出の名を騙った。

「呼び捨てにするわけにもいかぬから、鶴さんとでもお呼びするか」

「それでよろしいんじゃねえですかい」

互いに呼び方にこだわるのには理由があった。

鶴松にすれば、小笠原家は譜代であり幕閣になれる身分である。自分にはなれない老中に、小笠原右京に代わりになってもらおうとの野心があった。

右京からすれば、鶴松の男気と人間味に惚れた。「――途轍もなくでかい男だ。この先の人生この男に付いていくことに決めた」と。それが、右京の肚の内であった。

互いに力を合わせようと、肚を割る。

「どうだ鶴さん。これからは改まった言い方はやめようぜ。今までどおり、遠慮ねえ……どうも、あんたの伝法な言葉が移っちまったようだ」

「ざっくばらんと行きやしょうぜ」

博徒同士でないので盃は交さぬが、ここに齢と身分を超えた五分の義兄弟が出来上がった。

町木戸が閉る夜四ツを過ぎても、鶴松の帰りはない。

「殿はまだ戻ってこんのか？」

伊丹家の下屋敷では、家臣たちがざわめき始めた。

「供を連れずに行ったのが間違いなのだ。嗚呼、この先伊丹家はどうなる？」

敵地に単身乗り込めば、どんな豪傑でも命の保証は無い。取り押さえられて殺されるのが落ちだと、真っ先に悲観したのは江戸留守居役の片岡であった。今下屋敷にいる者の中で、片岡が一番身分が高い。当主が不在なら、その代わりとなって指揮を取らなくてはならない立場である。その代役が、悲嘆にくれている。

「留守居役様、親分はそんなに柔じゃありやせんぜ」

片岡の嘆きに、文七が慰める。いざという時は、無頼の方が肝が据わっている。

「じたばたしたって始まらねえし、ここは落ち着いて朝まで待ちましょうや」

「やくざ一家なら親分が殺されても代わりはいくらでもいるだろうが、大名家はそうはいかん。殿が殺されたら、伊丹家はなくなるのだ」

心配度が違うと、片岡の声音がくぐもった。

「つまらねえ心配をしててもしょうがねえ、あっしらは寝やすぜ」

渡世人たちは床につき、家臣たちはいつまで経っても眠れない夜を送る。やがて、日付が変わる子の刻となった。遠く、真夜中九ツを報せる鐘の音が聞こえてくる。

小名木川の下屋敷に届くのは、本所入江町の時の鐘だ。それが、七つ目を鳴らしたときであった。カラカラと、鳴子の乾いた音に家臣たちが一斉に立ち上がった。

外からは、蟻の子一匹入れないほど戸締りは厳重である。鳴子が鳴るのは、役人の手入れなど、真っ先に内部に異変を報せる仕掛けである。

「殿が戻ってきた。早く行って、門を開けて差し上げろ」

生気の蘇った片岡の号令で、五人の家臣がすっ飛んで行った。


大目付の家来ならば、真夜中であっても町木戸は潜り抜けられる。

鶴松には、天野が一緒に付いてきた。

「小笠原様と話し込んじまって、今になっちまった。泊まれと言われたが、あんたらが心配してちゃいけねえと思ってな」

「生きたここちはしませんでしたぞ。それで、お怪我は……？」

「あるわけねえだろ」

片岡の問いに、鶴松は苦笑いを浮かべた。

「猪鹿一家の奴らは?」

「とっくに寝てます。まったく薄情な連中ですな」

「親分が四、五日帰ってこなくたって、動じる奴らじゃねえよ。そうだ、今夜は天野さんを泊めてやる。煎餅みてえな夜具じゃなく、暖けえ蒲団を敷いてやりな」

「かたじけない」

「いや、こちらこそ送っていただき申しわけねえ」

鶴松が、天野に向けて深く頭を下げた。

出て行ったときと、戻ってきたときの様子がまったく違う。大目付を味方につけたことは、片岡にも分かる。

「今夜は寝る。明日からまた忙しくなるぞ」

小名木川に棲む鯉が、跳ねて水音を立てた。広い屋敷の奥にいるが、鶴松だけにはその音が聞けた。

「……鯉が跳ねやがったぜ」

一言呟くと、鶴松は深い眠りへと入った。


翌日も、賭場は閉めることにしてある。

大目付の手入れは無くなったものの、客たちには触れを出しているので開けたところで無駄である。鶴松に取って、それがむしろ都合がよかった。これから伊丹家と猪鹿一家、そして大目付小笠原家が結集して巨大な相手にぶち当っていかなくてはならない。

この朝鶴松が早速したことは、為替手形の現金化である。まずは、二万両を大田原のところに持っていき、それを見せ金として六万両にして引き出す策である。むろん、小大名一家からでは無理がある。鶴松の頭の中で、その手筈はすでに描かれている。

五千両の手形を四枚、それぞれの両替商に持参し、伊丹家の家臣たちを差し向けると、昼までには、大八車に金を載せて戻ってきた。

千両箱二十箱を、一台の荷車にまとめて積んで屋敷を出たのは、正午を報せる鐘が鳴る、四半刻ほど前である。小笠原右京とは、正午の待ち合わせとしてある。

飯岡藩大田原家の上屋敷は、小笠原家と同じ浜町一帯の武家地にある。大川に近く、両家は八町ほど離れているが、近所といえば近所である。

伊丹家の家臣と猪鹿一家の子分たち二十人に守られ、二万両が運ばれる。途中、浜町河岸の組合橋で小笠原右京と落ち合い、大田原家に向かう。橋を渡って二町ほどの所に大田原家の上屋敷がある。

近づくと、何やら様子がおかしい。正門に立つ門番が普段の中間姿ではなく、頭に鉢金（はちがね）を巻き、六尺の刺叉（さすまた）を立てた幕府支配の番人が警備に当っている。

「変だな」

一町ほど手前で一行は立ち止まり、右京が一人正門に近づいて行った。金を積んだ大八車を物陰に隠し、鶴松は遠目に小笠原右京の様子を見やった。やがて、大きく首を左右に捻（ひね）りながら戻ってきた。

「大変なことになった」

これまで見せたことのないほどの、苦渋に満ちた顔で開口一番右京が口にする。

「どうしたい？」

鶴松の問いに、右京が首を振る。

「当主の友永が、今朝方自害したそうだ」

「なんだって！」

「声がでけえよ」

右京にたしなめられ、鶴松は慌てて口を塞いだ。

「どういうこったい？」

「番人に訊いたが、分かるはずもない。これから俺が行って詳しく確かめてくる。ちょっとここで待っててくれ」

鶴松の返事も聞かず、右京は駆け出して行った。番人が大きく頭を下げると、右京は屋敷の中へと消えた。

その様子を見ながら、鶴松が呟く。

「……いってえどうなってるんだい？」

右京が戻ればある程度事情が知れるが、鶴松の頭の中から、六万両引き出す絵が消えていく。

「今、そんなことを考えている場合じゃねえな」

独りごちたところで、右京が屋敷から出てきた。待たされると思ったが、意外と早く出てきた。

「とりあえずここを引き取ってくれ。ちょっと時がかかりそうなんでな……そうだ、俺の屋敷で待っててくれんか」

大目付であれば、探索に取りかかるのであろう。鶴松としては、右京の話を真っ先に聞きたいところだ。

「ああ、待たしてもらう」

「すまんな。一刻ほどで屋敷に戻れると思う」

右京はそう言い残すと、速足で大田原の屋敷へと向かった。


二万両を小笠原の屋敷に運び入れ、鶴松たちが待機する。

屋敷に戻っていた天野が、鶴松に応対をする。

「大田原友永が、自害をしたって知ってるかい？」

開口一番、鶴松が天野に問うた。

「なんですと！」

天野が、腰を抜かさんばかりに驚きの声を上げた。

「聞いてなかったかい？」

「はい。拙者は、伊丹様の下屋敷を出てから寄るところがございまして、今しがた戻ったばかりでございます。ですから、まだ何も……」

「そうだったかい」

当主の右京が知らなければ、家来たちも知るはずが無い。

「そんなんで、右京さんは調べに入ってるんだろうよ。一刻ほどここで待っててくれと言ってな……」

「でしたら、ごゆるりとなさってくだされ」

「ああ、待たせてもらうよ。そうだ、帰りが遅くなるってうちの奴らに報せねえと、また昨夜みてえに心配する」

「左様でございますな」

鶴松の話に、天野が笑いを含ませ頷く。

二万両の警固に横内と文七を同行させている。その二人を呼んで、急ぎ伝言を托した。

「そうか、もう必要なかった」

横内と文七が出ていったあとのこと。二万両を守る家臣と子分たちを下屋敷に戻すことにした。

「どうせ小笠原家に差し上げる金だ。ここで守っていても仕方ねえ、みんなは下屋敷に戻って新装開店の準備をしてくれ。ご苦労だったな」

「殿は……？」

「俺は残って、右京さんを待たなきゃならねえだろ。もう、俺一人でいい」

小笠原右京が戻るまで、まだだいぶ間がある。鶴松は、部屋をあてがってもらい、そこで休むことにした。

手枕で仰向けになり、天井を眺めているうち眠くなってきた。

六

どれほど時が経ったか、まどろむ中で慌（あわただ）しい足音が聞こえてきた。

それは一人や二人でない、まとまった人数の足音で鶴松は目が覚めた。

開いた。

「……ずいぶん賑（にぎ）やかだな」

鶴松は、呟くと上半身を持ち上げた。それと同時に、ガラリと音を立てて襖が開いた。

「待たせたな」

前面に立つのは小笠原右京で、その脇に立つ男に鶴松は見覚えがある。

「あれ、おめえは……？」

四月ほど前、殿中松の廊下で鶴松の長袴を踏んだ男の顔をはっきりと覚えている。この日は将軍謁見の大紋ではなく、金糸銀糸で織られた綸子の着物を纏い、殿様衣装で身を包んでいる。四十手前の、その陰湿そうな顔に、鶴松は眉間に縦皺を刻み不快感を露（あらわ）にした。

「自害したんじゃなかったのかい？」

「誰が……これから面白くなろうってのに、死ぬ馬鹿がどこにいる。わしにもおぬしに覚えがあるぞ。小生意気な奴と思ってな、殿中で袴を踏んでやった。あの時の様（ざま）はなかったな」

わはははと、大田原友永が、勝ち誇った笑いを鶴松に浴びせた。

右京と大田原の背後には、二十人からの家来が鶴松の行く手を阻むかのように立っている。

「すまぬな鶴さん、こういった事情だ」

「まあ、欲が出たんじゃしょうがねえや」

小笠原右京の裏切りに、鶴松は動じていない。慌てふためく様子も無く、胡坐を組んだままでいる。

「やっぱり、おぬしとは一緒にやっていくことはできんでな。そんなことで、あんたの身柄を確保することにした」

落ち着き払った右京の態度に、何を言っても無駄と、鶴松は大人しく従うことにした。

「好きなようにすりゃいいや。それで、老中にでも引き渡そうってのか？」

鶴松の問いに、大田原が答える。

「そんなことはせん。十万両ほど貯め込んでいるって聞いたのでな、それを廻してもらおうと思っておるだけだ」

「くれてやってもいいけどそんな金、あんたらは何に使うんだ？　どんちゃん騒ぎだけじゃ、とてもじゃねえけど使い切れねえぜ」

「どの道博奕で稼いだ泡銭(あぶくぜに)だ。何に使おうが、勝手であろう」

「そりゃそうだ。ならば、もっと派手な着物を着て美味(うま)いものを食い、金無垢(きんむく)の、豪勢な城を建てようってのならくれてやってもいいぜ」

「なんだ。ずいぶんと気の利いた奴ではないか、小笠原」

相好(そうごう)を崩した大田原の顔が、右京に向いた。

「もっとも小笠原の方は、わしとは使い道が違っておるがな。この男は、若年寄から老中を狙える身分だ。早くその立場になってもらい、わしら弱小大名を引っ張りあげて……」

「そんな魂胆じゃ、やれねえな」

大田原の言葉を、鶴松が遮(さえぎ)る。小笠原家を味方につけるという狙(ねら)いは同じであったが、志に対する根本が、鶴松と大田原では大きく違う。

「なぜだ？　豪華な着物を着たり、城を建てる方が遥かに理不尽ではないのか。私利私欲のためと言ってな」

右京の問いであった。

「だから、あんたらは何も分かってねえってんだ。私利私欲けっこう、上等じゃねえか。大いに儲けてもらって、どんどん巷で使ってもらう。美味いものを食って、金無垢の城を建ててくれりゃ、その藩の領民たちに金が落ちるだろ。そうすりゃ民も潤う。今、あちこちで起きてる百姓一揆なんて無くなるはずだぜ」

鶴松の講釈を、右京と大田原が黙って聞いている。さらに、鶴松の語りが続く。

「右京さんが偉くなるため、幕府に金を渡してみろ。その銭はみんな武家の食い扶持となって、町人たちには落ちてはこねえ。浅草御蔵の米蔵の肥やしになるだけだ」

各地で米屋の打ち壊しが起こり、世情がますます厳しくなってきている。鶴松は、そんな世の中をどうにかしようと思って金を作っている。金を貯め込むだけの大富豪から、金を引き出すための手段が伊丹一家の賭場である。

「右京さんには、そのへんの道理が分かってもらえたと思ってたが、そうでもなかったようだな」

「俺は、大目付なんかで燻っていたくねえ。今は旗本だが、譜代の大名にもなれる身分だ。そのためには大金が必要でな、二万両ではとてもじゃねえが足りねえ。

そんなんでせっかくだが気が変わり、大田原氏と組むことにした」

この朝数刻で、小笠原右京の気持ちがひっくり返っていた。

「おい、天野……」

右京が指示を出すと、天野の姿はそこから消えた。

「それにしてもさすが鶴さん、よくも俺のことを調べたものだ。飛び込んできてくれたおかげで、こちらから出向くこともなくなったし、仕掛けがし易くなった」

花見の名簿作りは本当のことで、あとの老中への訴訟云々は大田原が書いた、まったくの絵空事だと右京が言葉を添えた。

「殿、連れてきました」

天野が戻ってきた。脇に立つ男を見て、鶴松は仰天する。

「三木助……か？」

十年ぶりとはいえ、ひと目では判断できないほど変わり果てている。鶴松の、怒りの形相が右京に向いた。

「おい、小笠原。てめえがこんな酷え野郎だとは思わなかったぜ」

鶴松は一目でもって、三木助が拷問を受けていたと悟った。

三木助の顔面には無数に殴られた痕がある。両目の周りは青タンができ、唇は腫れあがり、顎が砕けたようにひん曲がっている。ぼろぼろに裂けた小袖からのぞく体は、赤黒い痣で覆われている。

憔悴しきった三木助の体が放り出され、鶴松の膝元に倒れこんだ。

「……三木助兄さん」

鶴松は、初めて三木助を兄さんと呼んだ。

「あっ、あんた鶴松……か？」

「ああ、そうだ。どうして、こんなことに……？」

「俺がいけねえんだ」

言って三木助の体は力が尽きたか、ガクリと落ちた。

「気を失っただけか」

脈は動いている。鶴松は、ほっと安堵するが、形相は鬼と化している。

「二万両で兄さんを引き取ろうとしたが、気が変わった。おい小笠原、てめえにはビタ一文くれてやらねえ。それよっか勘弁ならねえ、てめえら地獄に突き落としてやっから覚悟しやがれ！」

鶴松の大音声は、外にまで轟く。

「覚悟しろと言っても、独りで何ができる。強がりも、大概にせい。貴様はここで死んで、伊丹家は断絶となるのだ。わしらはこれから下屋敷に手入れに出向き、全てを没収する」

鶴松は早縄を掛けられ、身動きができなくなった。気を失っている三木助にも縄が掛けられる。

「大八車の二万両と、大富豪が振り出す為替手形で十万両ほどある。大田原氏、こやつらを座敷牢にぶち込んで、これからそれを受け取りにまいろうぞ。殺すのは、そのあとでもいい」

常軌を逸した大目付と小大名のやり取りを、鶴松は含み笑いを込めて見やっている。

横内たちに伝言を托してから、一刻以上が経っている。昼八ツ半は過ぎているころだ。

そろそろ攻勢を仕掛けるかと、鶴松は身動き取れぬ体で口にする。

「やっぱり、大馬鹿な奴らだぜ。俺が気づいてねえとでも思ってたんか？」

「なんだと？　この期におよんで、まだ強がりを言いやがる」

小笠原が、侮るように言った。

「強がりなんかじゃねえ。てめえの企みなんて、端からお見通しよ」

「張ったり……」

「張ったりなんかじゃねえよ、馬鹿野郎。俺がなんでここに一人になったか、まだ分からねえんか？」

「…………」

答もなく、小笠原と大田原は首を傾げて考えている。

「だったら、耳を澄ましてよく聞きな。てめえらが行かなくたって、こっちから来てやったぜ」

外が、騒がしい。

襖を開けると、もう一部屋ある。その部屋の腰障子を開けると、くれ縁の向こうに庭がある。

「あっ！」

驚いたのは小笠原と大田原だけではない。そこにいる家来一同が、庭に驚愕の目を向けている。

庭の中だけで、渡世人と侍がごちゃ混ぜとなって、ざっと二百人はいる。庭には入りきれず、玄関口から門にかけてさらにその倍はいようか。その周りで、三十人ほどの小笠原の家来たちがなす術もなく見やっている。猪鹿一家の子分たちに遮られ、手出しはできない。

「これで分かっただろうが。俺はいつも、あんたらより先を行くってのがよ」

「どうして……？」

小笠原の、慄く顔が向く。

「煙草を二、三服してる間に行き来ができる近所に住んでて、幕府用人の大目付が、大名の自害を知らねえはずがねえだろ。わざわざ門番に刺叉まで持たせて、余計な芝居を打ちやがった。ガキにだって分かるぜ、そんな糞芝居。それとだ、老中と親しい豪商が教えてくれたぜ。小笠原と大田原のいざこざなんて、老中の誰も知らねえってな」

鶴松が仕入れた情報は、みな昼前にもたらされたものだ。

「もうあんたらはお終(しめ)えだ。なんせ、幕府の御手伝普請で供出する二万両の金を横取りしようとしたんだからな。泥饅頭じゃなくて、毒饅頭を食っちまった。これから勘定奉行所の役人が、ここに金を取りにくる。うちの奴らが、その手配をしてるんでな」

この口実は、とっさに鶴松の頭の中で思いついた。

「こやつの縄を解け」

小笠原が家来に命じた。

「おっと、縄なんか解かなくたっていいぜ。金を横取りしたっていう、証が一つ無くならあ」

「頼む、解かせてくれ」

嘆願するのは、大田原である。

「いや、駄目だ。だったら三木助兄さんだけ、解いてやってくれ」

三木助の縄が解かれ、気がついたかふらふらと自力で立ち上がった。

「代貸、兄さんを頼む」

庭に立つ、峰吉に向けて鶴松が声を投げた。若い衆が三人ほど土足で駆け寄ると、三木助を労(いた)わるように抱え、庭へと連れ出した。

「手当てをしてやってくれねえか」

「かしこまりやした」

「ご家老も来てくれたかい」

鶴松が一言添えると、峰吉の声が返った。

峰吉と並んで、江戸家老の高川も立っている。

「もちろん、来ますとも」

「こいつらの沙汰、ご家老だったらどうする？」

「どうするって、殿はもうご自分で決めてなさるのでは？　身共でしたら、ご老中に預けますが……」

「そいつも考えたけど、それじゃ一文にもならねえ。猪鹿一家の賭場じゃ、手目(いかさま)博奕は三倍返しだ。なので、六万両をこのご両家に支払っていただく。どっちにするか、この二人に決めてもらおうじゃねえか」

老中のところに行くか、六万両を出すか――。いずれにしても、地獄が待っている。

　二人が迷っている。

「幕府の勘定奉行が来るのは、あとどのくらいだ？」

「四半刻ほどで……」

　鶴松の問いに、答えたのは伊丹家の勘定奉行山田であった。山田も、鶴松の肚が読めるようになっていた。

「分かった、六万両払う。小笠原殿も異存がないか？」

「仕方がない。だが、即金では無理だ」

「そのくらい分かってる。なので、分割だってかまわねえ。ただし、遅れたり途中で滞ったらただじゃ済まねえぜ。遅延金年二分……そんな細かいことどうでもいいや」

　小笠原には大目付の禄高三千石、大田原には石高一万石の一割を年払いで払わせることにした。都合千三百石を、松越藩の国元に送ることにする。

「それなら、負担が少ねえだろう」

　鶴松の、大英断であった。

「かたじけない」

小笠原右京と大田原友永の頭が深く下がった。そして、鶴松の縄が解かれる。

「いけねえ、もう一つ忘れてた。やくざの賭場じゃ、手目を張ったら片腕をいただくんだった。誰か、俺に長脇差を貸してくれ」

「だったら、あっしのを使っておくんなせえ」

本出方を張る勘助が、赤鞘ごと腰から抜いて鶴松に差し出す。鶴松は、長脇差を抜くと外に向けて翳した。

「手入れがいいな。よく斬れそうだ」

鶴松が立ち上がり、右京と友永が並んで座らされる。その後ろに、鶴松が立った。

「利き腕じゃないほうを差し出しな。切腹よりかは、痛くないぜ」

出せと言われても、出せるものではない。そこまでするのかと、両家の家臣たちが色めき立っている。

「それだけは、ご勘弁を……」

天野が土下座をして嘆願する。

「いやならねえ。三木助兄さんと同じほどの痛みを味わってもらう」

「あれは、殿の指図ではない。みな、拙者が……賭場のことを問うても、なかなか口を割らず仕方なく。手荒なことをいたした」

更に頭を畳に擦り付けて詫びる。

「なかなか口を割らなかったって？」

「はい。大徳屋に迷惑が掛かると……」

鶴松はここで得心した。三木助が『……俺がいけねえんだ』と言ったわけを。

「……そうだったかい」

呟くと、鶴松は刃を赤鞘に納めた。

「俺にじゃねえ、天野。詫びは三木助兄さんに向けて言ってくれ」

庭で傷の手当てを受けている三木助に、天野が土下座をして詫びる。

「すまなかった。この通りだ……」

鶴松に言われるまでもなく、小笠原と大田原も手をついて詫びた。鶴松は、二人の改まった態度に、地獄に落とすのを思いとどまった。それよりも子分にして、活かして使った方が遥かに得策だと。これで小笠原右京は、五分の兄弟から鶴松の子分へ格下げとなった。
苦渋に歪む三木助の顔に、かすかな笑いを見て鶴松は一件の落着とした。
三木助を、大名駕籠に乗せて大徳屋まで送らせる。
鶴松は、父親の治兵衛宛に一筆書いた。

三木助兄さんが大徳屋と俺を救ってくれた
同封の一万両の為替は　兄さんが稼いだ金だ
もう　放蕩息子なんかじゃねえぜ　　鶴松

翌日、新装開店を謳って若旦那の客を集めた。
そして十日後、鶴松は下屋敷の賭場を閉めた。両替すると、手元に十万両以上の財ができたからだ。それと、老中に目を付けられたとの情報が耳に入ったこともある。全ての遊戯具は跡形無く焼却され、下屋敷の賭場も全て元の通りに戻した。

猪鹿一家の、自分の居間で鶴松はくつろぐ。長火鉢の引き出しから煙管を取り出すと、手巾で吸い口を清めた。

「……さて、十万両を元手に、次は何をやるかだ」

雁首に煙草を詰め、呟いたところで障子の外から小年増の声がかかった。

「鶴松さん、いる？」

「ああ、お亮か……」

煙草を吸おうと取り出した煙管を、鶴松は慌てて懐へと隠した。

この作品は徳間文庫のために書下されました。

徳間文庫

博徒大名伊丹一家

2023年3月15日 初刷
2023年5月25日 2刷

著者 沖田正午
発行者 小宮英行
発行所 株式会社徳間書店
東京都品川区上大崎三－一－一
目黒セントラルスクエア 〒141－8202
電話 編集〇三（五四〇三）四三四九
販売〇四九（二九三）五五二一
振替 〇〇一四〇－〇－四四三九二
印刷
製本 大日本印刷株式会社

ISBN978-4-19-894839-9